COLEÇÃO
Clube dos Segredos

Segredos roubados

COLEÇÃO
Clube dos Segredos

Segredos roubados

galera
RECORD

Rio de Janeiro | 2009

CIP-Brasil. Catalogação-na-fonte
Sindicato Nacional dos Editores de Livros, RJ.

S458 Segredos roubados / Luiz Antonio Aguiar... [et al.]. - Rio de Janeiro: Galera Record, 2009.
-(Clube dos segredos; v.2)

ISBN 978-85-01-08530-6

1. Ficção infanto-juvenil brasileira. I. Aguiar, Luiz Antonio, 1955-. II. Série.

09-1263   CDD: 028.5
         CDU: 087.5

Copyright © Luiz Antonio Aguiar, Pedro Bandeira, Rosana Rios, Rogério Andrade Barbosa, Leo Cunha, 2009

Todos os direitos reservados.
Proibida a reprodução, no todo ou
em parte, através de quaisquer meios.

Projeto gráfico de miolo e capa: Carolina Vaz
Composição de miolo: Abreu's System
Caricaturas: Jorge Guidacci

Direitos exclusivos desta edição reservados pela
EDITORA RECORD LTDA.
Rua Argentina 171 - Rio de Janeiro, RJ - 20921-380 - Tel.: 2585-2000
que se reserva a propriedade literária desta tradução

Impresso no Brasil

ISBN 978-85-01-08530-6

PEDIDOS PELO REEMBOLSO POSTAL
Caixa Postal 23.052 - Rio de Janeiro, RJ - 20922-970

EDITORA AFILIADA

apresentação

Segredos roubados

CUIDADO!
ROUBAR um segredo é um enorme PERIGO!
Olha lá onde você vai pôr sua mão!
É isso mesmo. Tem segredo que não é pra gente saber.
Tem segredo que pode lascar, ferrar... Matar mortinho da silva três vezes.
Ou mais!
Rosana Rios tem uns segredos que não é qualquer coração que aguenta. Ainda mais quando são roubados! Em *Cenas do próximo capítulo* tem amor, traição, um toque de espionagem, outro de chantagem, em um roteiro de arrepiar do começo ao fim.

De Rogério Andrade Barbosa nenhum segredo bom escapa. Como é do ramo, passa um segredo na sua frente e ele *créu!* — transforma em história. Em *A escritora*, a garota começa a se intrigar com uma vizinha meio esquisita e suspeita de que ali tem um senhor segredo. E tinha mesmo: um segredo best seller.

Para conquistar Roxana, Cristiano faz qualquer coisa. Até roubar segredos. Qualquer semelhança com a história de Cyrano de Bergerac não é mera coincidência — mas pode ser um dos segredos de *Como antigamente*, de Leo Cunha — outro desses escritores que não respeitam segredos alheios, uma gente em quem não convém confiar.

Luiz Antonio Aguiar, um politicamente incorreto crônico, numa história que não se atreveria a contar em nenhum colégio, também invoca um clássico, *O corcunda de Notre-Dame*, para um espetacular roubo de segredo que combina um clima meio monstruoso com amores de perdição. *Quasímodo* é como um sussurro que nos desperta de madrugada, quando pensávamos que não havia mais ninguém no quarto.

E, fechando com chave de ouro, *Os guardiões do grande segredo*, no qual Pedro Bandeira, manjadíssimo em todas as rodas do mercado negro de segredos, vai nos contar um lance fundamental na mitológica história da humanidade. Cinco grandes guardiões e um segredo que não poderia ser roubado... Como adquirimos a inteligência? A capacidade de inventar histórias? De aprontar artes e ciências? Nada disso poderia existir se não fosse... Bem, talvez seja proibido prosseguir. Afinal, é segredo!

Cinco escritores e seus segredos.

O CLUBE DOS SEGREDOS.

Ninguém nunca imaginou que eles fossem ter coragem de se reunir para contar essas histórias.

É tudo que nenhum garoto bonzinho nem garota boazinha deveria ler. Jamais!

Tem histórias neste livro que não deveriam ser contadas porque, se fossem, seus segredos poderiam ser... ROUBADOS!

Então, lembre-se: se quiser conhecer estes segredos, é por sua conta e risco!

Rosana Rios

Procura-se

Rosana Rios é também conhecida por *nicks* variados, como: *Rose Rivers*, Shelob ou *Laracna*. É suspeita de espionagem e foi acusada de possuir um senso de humor perigosíssimo. Pertence a algumas sociedades secretas misteriosas e vive viajando, supostamente para apresentar palestras e oficinas, mas na verdade recolhendo ideias para seus livros. Consta que já publicou quase 100 obras e que possui uma perigosa coleção de dragões na masmorra de sua casa, além de uma biblioteca imensa. Tem o costume subversivo de emprestar livros aos amigos e viciar jovens desavisados na estranha mania de ler. Cuidado, ela costuma transformar as pessoas que conhece em personagens de ficção!

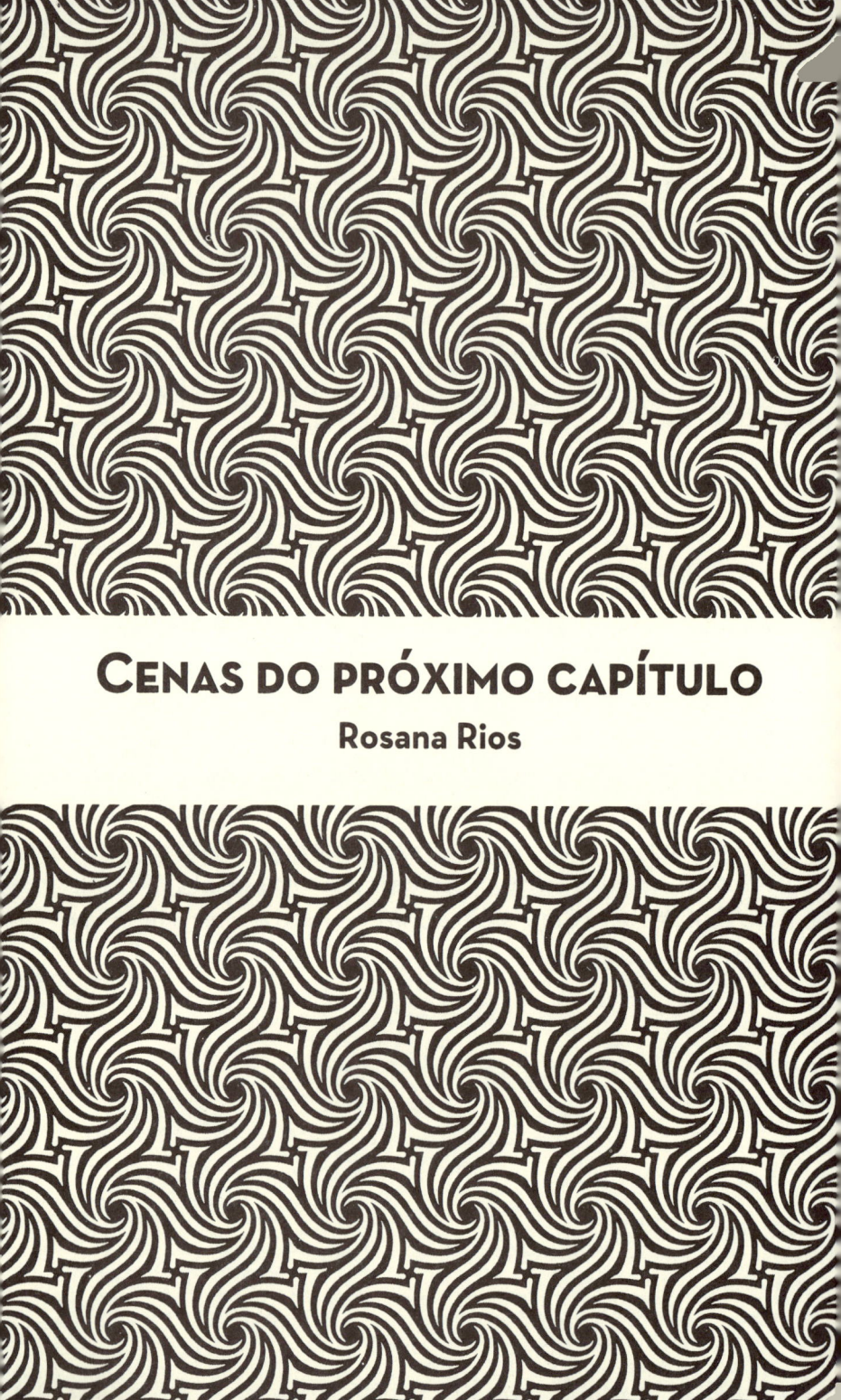
Cenas do próximo capítulo
Rosana Rios

Cenas do próximo capítulo

Sexta-feira, sete horas da manhã.

A VINGANÇA NUNCA TARDA. CAPÍTULO 90. CENA XXX.
PRAÇA. EXTERIOR. NOITE.
PANORÂMICA DA PRAÇA COM O CORETO AO CENTRO. MÚSICA.
MARCO AURÉLIO VEM CORRENDO PELA RUA DA ESQUERDA ATÉ O CORETO.

CORTA PARA VULTO DE MULHER, OCULTO POR UMA COLUNA DO CORETO.

PLANO PRÓXIMO DE MARCO AURÉLIO, OFEGANTE PELA CAMINHADA.
SOBE MÚSICA. ELE SE APROXIMA DO CORETO.
CÂMERA MOSTRA SEUS PÉS SUBINDO A ESCADINHA.
MÚSICA PARA NUM ACORDE DRAMÁTICO.

PLANO MÉDIO. A MULHER SAI DE TRÁS DA COLUNA E SE APROXIMA.
CLOSE DE MARCO AURÉLIO.

Marco Aurélio — Mas... não pode ser!

CLOSE DE ADALGISA.

Adalgisa — Não, Marco Aurélio, você não está sonhando. Sou eu.
Marco Aurélio — Adalgisa...! Eu pensei... todos pensamos...
Adalgisa — Que eu estivesse morta? — RI, SARCÁSTICA.
— Pois não só estou viva, como agora sou uma mulher rica.
— TOM. — Muito rica.
Marco Aurélio — Mas isso é... ótimo! Adalgisa... — TENTA PEGAR A MÃO DELA.
Adalgisa — SE RETRAI, COM ÓDIO NO OLHAR — Ótimo? Pode ser. Mas não para você, Marco Aurélio. Porque agora eu sei que você me traiu. E vou fazer você pagar por tudo o que fez. Tudo!

CLOSE DE MARCO AURÉLIO. ELE RECUA, ABISMADO.

Marco Aurélio — Você precisa entender... Não foi minha culpa. Catarina me disse que você estava morta... ela...
Adalgisa — Não tente me enganar de novo, Marco Aurélio. Agora eu tenho dinheiro e poder. E vou me assegurar que você se arrependa até o fim de seus dias. Adeus!

ELA VOLTA PARA AS SOMBRAS E SOME. SOBE MÚSICA.
MARCO AURÉLIO CAI AJOELHADO NO MEIO DO CORETO.

Marco Aurélio — Adalgisa... Perdão... Eu não sabia... não sabia!

ELE SOLUÇA, COM O ROSTO ENTRE AS MÃOS. CORTA.

VINHETA. ENTRAM CENAS DOS PRÓXIMOS CAPÍTULOS.

BREAK COMERCIAL.

Aloísio Terezi respirou fundo. Pressionou *control home* no teclado e releu o que havia escrito. Sorriu. Estava exausto, mas satisfeito.
"Quero só ver se a audiência agora não vai dar pico!"
Uma batida à porta do escritório chamou sua atenção. Era Tamara.
— Pai? Chegou uma encomenda pra você. Da tevê.
A filha entrou e lhe entregou o pacote: o malote semanal da emissora, com cópias das pesquisas de opinião, lista das novas inserções de merchandising e memorandos da produção. Teria de ler tudo aquilo antes de mergulhar nos capítulos seguintes. Nem teria tempo de revisar o que havia acabado de escrever. Mas, àquela altura da novela, quase não revisava mais nada; o tempo era curto demais entre ele e Fidélio fecharem os capítulos, a direção aprovar e a produção receber os roteiros finais para distribuir. Às vezes gravavam num dia e o capítulo ia ao ar dois dias depois; estavam numa dessas fases corridas.
— Obrigado, filha. Que horas são? Você já jantou?
A garota sorriu para o distraído roteirista.
— São sete da manhã, pai. Acabei de tomar café e vou pra escola. A gente se vê na hora do almoço... Tchau.
Com um aceno, a adolescente saiu. Aloísio Terezi bocejou; para variar, atravessara outra madrugada escrevendo. Bem, não podia perder mais tempo: Fidélio, o parceiro que fazia o roteiro final, aguardava ansiosamente sua parte do capítulo 90.
Fechou o arquivo e entrou no *browser*, que também ficara a noite toda aberto. Abriu os endereços e clicou no e-mail do colega. Anexou o texto, digitando:

Bom dia, F. Seguem as cenas de encerramento da semana. A gente se vê na reunião segunda-feira. A.

Clicou em *enviar* e, com novo bocejo, fechou a conexão com a rede. A filha deixara a porta aberta e ele sentia o perfume convidativo do café, vindo da cozinha.

— Bendita seja a cafeína — murmurou, indo atrás do delicioso aroma.

Sexta-feira, sete e dez da manhã.

Bruno esfregou os olhos vermelhos diante da tela do computador. Com um suspiro, conferiu a caixa de mensagens: o que esperava conseguir estava lá, em negrito... Tremendo um pouco, mas sem perder tempo, clicou em *encaminhar* e digitou um endereço de e-mail.

Leu a mensagem que apareceu. *Seu e-mail foi enviado com sucesso.*

Reprimindo um palavrão, ele tentou se acalmar. Estava atrasado para o colégio.

Sexta-feira, sete e onze da manhã.

Toninho soltou um bocejo ruidoso e engoliu um gole grande de café. Um *plim-plim* no computador chamou sua atenção. No canto direito da tela, o desenho de um pequeno envelope avisava que havia recebido um novo e-mail.

Mais alguns cliques e o jornalista sorria, deliciado. Tinha conseguido. Pegou o celular na mesa e encontrou o número que desejava no *speed-dial*. Não demorou muito e a voz do chefe da redação soava, sonolenta:

— Isso é hora, seu infeliz? Vai acordar a tua...

Cenas do próximo capítulo

— Abre tua caixa postal, cara. Tô mandando agora o arquivo com a cena final do capítulo de sexta-feira da novela das oito. Eu te disse que ia conseguir.

O outro ficou mudo. Não parecia ter entendido direito. Afinal, gaguejou:

— Te... Tem certeza? É autêntico?

— Não tem erro. Sabemos antes de todo mundo o que vai acontecer. E é de arrasar! Como eles conseguiram guardar esse segredo até agora eu não sei, mas tá na nossa mão.

— Então... liga pra redação. Não, liga primeiro pra gráfica. Isso tem de entrar na edição de amanhã.

— Tô ligando.

Sábado, seis horas da manhã.

O jornaleiro cortou com o canivete o barbante que amarrava o pacote. Geralmente nem olhava para as manchetes do tabloide semanal; apenas colocava os exemplares na banca. Fofocas da tevê não lhe interessavam... já sua mulher adorava aquilo. Ele sempre levava um exemplar para ela no final da tarde. Naquele sábado, contudo, ele não pôde evitar ler o que a capa exibia. Estava escrito em letras garrafais:

ADALGISA ESTÁ VIVA E VOLTA PARA SE VINGAR DE MARCO AURÉLIO!

O lide da notícia acrescentava: *Reviravolta na novela das oito. Leia aqui, com exclusividade, a reportagem de Toninho Xerez, contando os segredos do que vai acontecer esta semana na sua novela preferida...*

O homem pegou o telefone celular no bolso da calça e teclou o número de casa.

— Oi, sou eu. Sabe aquela novela que você não perde? Olha só o que vai acontecer... saiu na imprensa. Em *A Fofoca Diária*, o jornalzinho que fala sobre tevê...

Duas semanas antes.

As palavras na tela do computador estavam causando dores de estômago em Bruno. O menino leu, releu, treleu. Não conseguia imaginar como o tal TX tinha conseguido seu endereço eletrônico, muito menos como descobrira sobre aquilo. A coordenadora e o diretor do colégio haviam jurado que nada seria divulgado... só o conselho ia saber, disseram, e qualquer publicidade seria indesejável para todos.

A psicóloga escolar tinha sido até mais simpática. Ele ainda ouvia a ladainha da mulher, consolando-o, durante as intermináveis sessões a que fora obrigado a comparecer.

Todo mundo comete erros, que bom que você se arrependeu, ninguém vai saber, isso fica apenas entre nós e os seus pais, é bom para você amadurecer, assumir a responsabilidade do que fez.

Com os pais, a conversa tinha sido outra. *Falta de vergonha, você é uma decepção completa, como pôde fazer isso comigo, ainda bem que eles abafaram tudo, já imaginou se isso chega à imprensa, eu devia ter te castigado mais vezes.*

Agora, que haviam se passado três meses, tudo parecia haver acabado; as marcas das surras que tomara do pai estavam quase cicatrizando, o assunto estava morto e enterrado... porém voltava da tumba para assombrá-lo.

TX. Quem seria esse sujeito?

Bruno leu pela décima vez a mensagem.

```
Olá, Bruno. Apesar de não me conhecer, eu sei muito bem quem
você é. E sei o que você fez no seu colégio no final do ano.
Se não quiser que a imprensa noticie que o filho do Coronel
```

Cenas do próximo capítulo

> Lorenciani é um hacker e invadiu o sistema de um dos melhores colégios da cidade pra mudar suas notas, ligue para meu celular. O número é esse aí embaixo. Não fale nisso pra ninguém, senão o azar vai ser só seu. TX.

Estava encrencado. Quatro meses antes, ele havia aceitado pagar o preço pelo que fizera. Quando descobriram ser sua culpa a invasão acontecida no programa de avaliações da escola, a punição proposta pelo conselho fora zerar suas notas; ele ficaria em recuperação em todas as matérias. Mas o pai tinha feito questão de castigá-lo pessoalmente. Embora a mãe tivesse lhe tirado o computador, a televisão e o videogame por um tempo, para o severo coronel, nada substituía uma boa surra. A não ser várias.

Outra mensagem estava chegando. Ele clicou no e-mail e leu:

> Sei que você está on line. Estou esperando seu telefonema. Não estou brincando, Bruno. Sou jornalista e tenho como ferrar você. Ligue pra mim agora ou vai se arrepender. TX.

O adolescente se sentiu mais perdido do que nunca. Não tinha para onde fugir. Com as mãos trêmulas, pegou o telefone...

Segunda-feira, dez e quinze da manhã.

Fidélio Almanara entrou atrasado no escritório da produção da novela, no décimo nono andar. Normalmente a sala era um caos, entupida por meia dúzia de pessoas falando ao telefone e mensageiros entrando e saindo com pacotes de textos.

Naquele dia, porém, nem mesmo secretários e assistentes de produção foram admitidos à reunião semanal: só os roteiristas, as duas moças da pesquisa, o chefe de produção e o diretor-geral da novela. O caso era sério, pois à cabeceira da mesa estava presente o gerente geral de programação da emissora. Fidélio teve ímpetos de se ajoelhar diante do homem; ali, ele era a coisa mais parecida com o que se costuma chamar de deus.

Um exemplar de *A Fofoca Diária* do último sábado enfeitava a mesa, mais uma pilha de outros jornais, publicados em várias cidades do país.

— Desculpem o atraso, esse trânsito acaba com a gente... — disse o roteirista, doido de vontade de fumar.

— Não perdeu nada — replicou Villas, o chefe de produção, que estava andando de um lado para outro. — A gente repassou as matérias publicadas nos últimos dias. E o Dr. Alberto estava explicando uns pontos sobre a lei, crimes digitais, essas coisas.

Somente então Fidélio viu num canto da sala o tal Alberto que o produtor citara. O crachá que usava dizia que ele trabalhava no Jurídico.

— Chegaram a alguma conclusão? — perguntou, agoniado. Estava todo mundo com cara de enterro. Só esperava que não fosse o seu...

— Nossos técnicos passaram o domingo analisando os dados dos computadores de vocês cinco — Alberto indicou Fidélio, Aloísio, as duas pesquisadoras e o produtor. — Foram os únicos por onde os arquivos do roteiro passaram. Acharam vírus em todos, mas os únicos perigosos, que podem ter resultado em roubo de dados, eram os *cavalos de troia* nos PCs do Aloísio e do Villas. Foram limpos, mas só depois do estrago feito...

Aloísio Terezi, que já tinha tomado cinco xícaras de café, se serviu de mais uma.

— Então eles... os *hackers*... podem ter copiado o capítulo 90 diretamente dos nossos computadores — murmurou, depois de quase queimar a língua no café.

O tal Alberto explicou, com sua paciência de advogado:

Cenas do próximo capítulo

— Na verdade, nosso tipo de ladrão de dados se chama *cracker*, não *hacker*. Existe uma nomenclatura própria nesse mundo: um *hacker* só invade sistemas para detectar falhas, nós mesmos contratamos alguns para ajudar no Jurídico. Já o *cracker* em geral está interessado em lucro, e só sabe o suficiente para quebrar senhas e invadir sistemas. No caso, um de vocês dois teve o computador invadido e o invasor instalou um vírus para poder monitorar seus e-mails. Quando ou o Aloísio ou o Villas enviaram o arquivo anexo, o *cracker* recebeu uma cópia. E espalhou.

O diretor-geral da novela, Cláudio, tomou a palavra:

— O primeiro veículo a divulgar o conteúdo do capítulo foi *A Fofoca Diária*. O que saiu na imprensa depois foi copiado deles. Quem assinou a matéria original foi o Toninho Xerez, aquele safado. Ele sempre tenta furar nosso sigilo, mas nunca acertou muita coisa, só detalhes sem importância. Agora, o fato de a Adalgisa estar viva devia ser o segredo mais bem guardado do país...

O todo-poderoso gerente de programação se manifestou pela primeira vez:

— Só especulando... eu imagino que não podemos mudar isso. Quero dizer, reescrever o capítulo e não ressuscitar a Adalgisa.

"Um cigarro, pelo amor de Deus", pensou Fidélio.

Foi Aloísio quem respondeu:

— Seria um problema. A gente terminou agora de escrever o capítulo em que ela volta, mas as sinopses estão prontas até o final da novela. Falta só um mês pra terminarmos, é a fase crítica da história e estamos com a audiência no máximo. Estruturamos tudo em torno da volta da Adalgisa, as pesquisas de opinião apoiaram cem por cento uma mudança da trama. E nada na história vai ter lógica se ela não estiver viva!

— Além disso — emendou Cláudio —, a atriz cobrou os olhos da cara pra voltar, e já contratamos mais quatro atores para o núcleo novo. Tá tudo pronto, figurinos, cenários. Mudar tudo agora vai gerar uma despesa monstruosa... e não sei se a gente consegue botar um *plot* diferente no ar até sexta-feira.

Villas, que continuava indo de um lado para outro da sala, jogou-se num sofá, bufando. Parecia prestes a ter um enfarto.

— Do ponto de vista da produção, é impossível. Adalgisa tem de voltar dos mortos!

Fidélio contornou a vontade de fumar também se servindo de café.

— E não podemos estar errados? Quem sabe eles não roubaram o texto do capítulo. Vai ver que alguém desse povo todo deu com a língua nos dentes... Muita gente aqui sabia o que ia acontecer esta semana na novela.

— Quatorze pessoas, para ser mais exato — declarou o advogado, consultando uma folha numa pasta grossa. Já entrevistamos uma por uma, todas tinham assinado o contrato padrão de sigilo. Seria difícil uma delas se arriscar a tomar um processo por causa disso... Tem mais lógica ter sido roubo de dados. E a matéria da *Fofoca* contém trechos dos diálogos: eles estão mesmo com o roteiro do capítulo. Que os atores ainda não receberam.

Ninguém disse nada por um minuto inteiro. Aloísio se serviu de mais café e Fidélio mandou a política antitabagista da emissora às favas. Acendeu um cigarro.

O gerente de programação abandonou a impassibilidade. Levantou-se.

— Pelo menos uma notícia é boa... Tive uma reunião hoje cedo com o pessoal da pesquisa de audiência. Eles não estão preocupados. O vazamento gerou fofoca suficiente pra segurar o telespectador. Todo mundo vai ligar em *A vingança nunca tarda* sexta-feira, querendo conferir se os jornais estão certos e Adalgisa vai reaparecer. Então, deixem a mulher voltar à vida. Já tiramos a atriz de circulação até a gravação das cenas com Marco Aurélio. Nem o Papa consegue uma entrevista dela, agora.

Cláudio, o diretor, e Villas, o produtor, olharam-se com alívio.

— E os próximos capítulos? — perguntou Fidélio Almanara. Estava mais calmo após detonar o cigarro. — Mantemos as sinopses do jeito que estão?

— Não. Você e o Aloísio façam aí uma mágica qualquer e mudem o que der, desde que não gere gasto extra pro orçamento. Assim, se os ladrões roubaram também as sinopses, vão divulgar coisa falsa. Agora tenho uma reunião com o pessoal do comercial. Vamos ver até que ponto essa encrenca afetou os patrocinadores...

O chefão já ia saindo, quando pareceu lembrar-se de algo:

— Ah, tem outra coisa. No mês que falta pra novela terminar, vocês vão sumir de circulação também. O Alberto vai encaminhar os dois para o pessoal da segurança. Vão ficar num hotel, incógnitos, com equipamento seguro. Não vamos facilitar mais!

As duas pesquisadoras, que não tinham aberto a boca na reunião inteira, trataram de sumir dali assim que o homem saiu, seguidas do advogado. Restaram os dois roteiristas, além de Villas e Cláudio. O diretor-geral da novela suspirou.

— É isso, então. Controle de danos! Vamos repassar os roteiros da semana agora mesmo e ver o que dá pra contornar... depois vocês veem esse negócio do hotel.

Naquele dia, Aloísio usou a única brecha que conseguiu para telefonar à filha, avisando que não iria para casa tão cedo.

Quarta-feira, dez e meia da manhã.

Bruno foi apanhado de surpresa pela voz de Tamara no pátio do colégio.

— Posso falar com você?

Ele gelou. Será que ela sabia? Não, não podia saber.

Sentiu a onda de remorso tomar conta dele. Tudo outra vez. A sensação horrível de ter feito o que não devia, de ter traído a confiança das pessoas. Tamara tinha sido uma das poucas amigas que continuaram a tratá-lo bem, depois do que acontecera no final do ano. E ele fizera aquilo com o pai dela...

Tentou sorrir para a garota. Saiu o sorriso mais amarelo do mundo.

— É urgente? O intervalo tá no fim e eu ia devolver um livro na biblioteca.

— Preciso da sua ajuda. Você é a única pessoa em quem confio pra me ajudar numa emergência... Tem a ver com computadores.

Essa não. Ela ia falar da invasão no sistema do pai. Então não tinha a menor ideia de que ele fora o culpado! Sentiu a antiga ternura que cultivava, havia tempos, por Tamara. E de novo a agulhada de remorso no peito; sua única desculpa era ter sido chantageado. Não fosse isso, nunca trairia a confiança dela.

— Podemos conversar? — insistiu ela. — Bruno, você tá com uma cara estranha... aconteceu alguma coisa?

O remorso estava ficando insuportável. Fitou Tamara nos olhos e decidiu que não podia fazer aquilo com ela. Que se danasse o chantagista. Que o colégio o expulsasse. Que o pai fizesse com ele o que quisesse... Não podia mentir, não para ela.

Puxou a garota para trás da cantina. Havia um canto escondido lá, entre a parede e o muro, onde muitos casais se encontravam para namorar. Naquela hora o local estava vazio e, como logo ia soar o sinal, não era provável que alguém aparecesse.

— Eu... sei o que você vai dizer — começou ele, vermelho de vergonha e olhando para o chão. — Alguém invadiu a rede de computadores da sua casa, não foi? Roubaram arquivos que o seu pai mandou por e-mail.

Ela não pareceu muito surpresa por ele saber.

— Você viu nos jornais? Meu pai disse que a tevê abafou o caso o mais que pôde, mas o raio do tabloide tá faturando em cima dessa história... Pensei em te pedir ajuda pra olhar o PC dele e descobrir exatamente o que aconteceu. Os técnicos da emissora estiveram lá em casa e olharam tudo, encontraram um tal vírus *cavalo de troia* no sistema e deletaram, mas não conseguiram dizer quem foi que mandou. Eu sei que você é gênio dos computadores... Pra falar a verdade, sei o que aconteceu aqui no colégio no final do ano. Não os boatos, mas o que aconteceu mesmo.

Então ela sabia. E mesmo assim continuara amiga dele... enquanto a turma tinha passado a tratá-lo como criminoso.

— O diretor e a coordenadora garantiram que não iam divulgar nem para os professores, muito menos pros alunos — murmurou.

Ela olhou para ele com imensa compaixão.

— Meu pai me contou, ele é do conselho escolar. Só os integrantes do conselho souberam os detalhes.

Bruno a fitou com desafio nos olhos.

— E como é que você continuou sendo legal comigo? Se sabe o que eu fiz... Quebrei as senhas, entrei no sistema do colégio, mexi no programa dos boletins pra aumentar as minhas notas. Me dei mal e paguei o preço.

— Eu sei disso tudo. Mas entendo por que você tentou. A gente sempre foi amigo, Bruno! Suas notas estavam mal no ano passado, e o seu pai... ele é muito bravo, não é? Você não queria repetir o ano por causa dele.

O garoto sorriu tristemente.

— Só piorei as coisas. O professor de informática desconfiou de mim. Meus pais foram chamados, eu tive de confessar... Só não fui expulso porque eles fizeram um acordo. Pra manter sigilo, pra não cair na imprensa que um aluno quebrou o sistema do colégio. Peguei recuperação em todas as matérias, fora a encrenca lá em casa.

— Do resto eu sei — acrescentou Tamara. — Você se matou de estudar e passou em todas as matérias. E nada foi divulgado, mas correu um boato por toda a escola, daí o pessoal começou a te dar o gelo. Esses últimos meses devem ter sido uma barra...

Bruno ficava cada vez mais vermelho. Estava na hora de falar. Engoliu em seco e soltou a bomba:

— É por isso que eu nem sei como começar a te contar. Porque, Tamara... o *cracker* que invadiu o sistema do seu pai... sou eu.

Ela abriu a boca, mas a voz não saiu. Não podia acreditar. Bruno sentiu a agulhada do remorso aumentar, mas se manteve firme. Tinha de contar tudo, até o fim.

Aproveitando o silêncio da amiga, narrou o que acontecera: as mensagens do tal TX; a invasão da rede da casa do pai dela, Aloísio Terezi. Não fora difícil porque conhecia os endereços eletrônicos dela, Tamara. Falou do vírus que enviara e da captação das mensagens particulares de seu Aloísio. Não escondeu nada, só não teve coragem de tirar os olhos do chão.

Afinal calou-se. Ouviu a respiração descompassada da garota.

— Fala alguma coisa, Tamara. Acabo de confessar que sacaneei o seu pai, traí a sua amizade, você deve me achar o pior de todos os vermes na face da Terra.

Ainda silêncio.

Criou coragem e a fitou; a menina o olhava com mais compaixão que antes.

— Caramba, Tamara, me xinga de uma vez. Me bate, se quiser, mas não fica me olhando assim...

E foi apanhado de surpresa de novo, pelo que ela disse:

— Tira a camiseta, Bruno.

— O quê?!

— A camiseta. Quero tirar uma dúvida.

O garoto recuou até encostar-se na parede da cantina.

— Não — respondeu, apavorado.

Como ela sabia? Como podia saber?

Tamara olhou-o bem nos olhos.

— Meu pai me contou tudo o que rolou no conselho da escola. Como o seu pai jurou pra todo mundo que ia castigar você de um jeito que nunca mais ia aprontar outra... Tira a camiseta, agora. Você me deve essa.

Ele lhe deu as costas, morto de vergonha. Ela ergueu a barra da camiseta e viu os vergões nas costas dele. A surra devia ter sido violenta, para restarem marcas por tanto tempo. Isso ou ele estava sendo espancado regularmente.

— Bruno... — sussurrou a menina, com vontade de chorar.

Ele tentou manter a voz firme:

— Não... não é nada demais. Meu pai é militar. Acredita em disciplina. Não foi a primeira vez que ele me bateu, e não vai ser a última. Ainda mais agora que... que eu ferrei com tudo de novo.

— Olha pra mim — comandou ela.

Ele arrumou a camiseta e virou, mas ainda fitava o chão. Ela declarou:

— Ninguém precisa saber. Nem o seu pai, nem o meu... pelo menos por enquanto.

Ele suspirou, sacudindo a cabeça.

— Não sei o que fazer, Tamara. O tal repórter é sacana. Ele conseguiu o que queria, e não vai parar por aí. Vai continuar me pressionando pra roubar mais arquivos do sistema do seu pai, de outras pessoas. Ou eu confesso tudo, e aguento as consequências, ou vou ficar nas mãos desse infeliz pro resto da vida!

— Não. Tem uma terceira alternativa.

Ele a olhou. Tamara agora estava sorrindo, com aquele jeito que o deixava louco desde que a conhecera, anos atrás. O coração dele se aqueceu ao pensar que, mesmo sabendo de tudo, ela não o odiava...

— Você teve uma ideia.

O sorriso dela ficou mais largo.

— Tive. Ser filha de um roteirista de novela às vezes ajuda a gente a ter ideias... E se você me ajudar, vamos dar o troco pra esse fulano. Topa?

Ele fez que sim, sem coragem de dizer mais nada.

— Só que tem uma coisa que você vai me deixar fazer.

Ele ficou sério. Que novo preço teria de pagar?

— O que é? — perguntou, tentando parecer durão.

— Não vou dizer agora. Só quero sua promessa de que vai concordar e fazer tudo o que eu disser.

Bruno abriu os braços, sentindo-se impotente diante dela, diante do mundo.

— Sou filho de coronel. Tô acostumado a receber ordens e obedecer. Prometo o que você quiser, Tamara.

— Então vamos. Depois da aula a gente se encontra e combina o que fazer.

Saíram de trás da cantina, atraindo um olhar da servente da manhã, desconfiada de que os dois tinham passado o intervalo dando uns amassos lá atrás.

Quinta-feira, duas horas da tarde.

O celular no bolso de Bruno tocou. Ele atendeu, desajeitado: ainda não havia se acostumado com o aparelho de Tamara. Ele mesmo não tinha celular: o coronel achava que dar celular para filho era frescura.

— Oi, sou eu — disse a voz da garota.

— Oi — respondeu ele, nervoso. — Tudo pronto. Você tá a postos?

— Olha pro orelhão do outro lado da calçada.

Olhou. A amiga estava lá, na cabine do telefone público, com uma câmera digital. Ele reconheceria Tamara em qualquer lugar, mas outros não a notariam; era apenas uma garota genérica ao telefone.

Cenas do próximo capítulo

— Tem certeza de que quer continuar com isso? — perguntou ele, inquieto. — A gente podia esperar a poeira baixar, quem sabe o cara me deixe em paz.

— Não tem outro jeito, Bruno. Vamos conseguir! Agora, liga pra ele.

Contagiado pela segurança da amiga, ele obedeceu. Desligou o celular e teclou o número que trouxera anotado. Demorou um pouco para o sujeito atender.

Provavelmente estava identificando a chamada, mas não iria reconhecer o número.

— Alô? — ouviu a voz desconfiada de Toninho. — Quem é?

— Adivinhe — disse Bruno, fingindo uma calma que estava longe de sentir.

O interlocutor reconheceu sua voz:

— Ora, se não é o meu *hacker* favorito. Foi bom me ligar, eu ia mesmo contatar você. Interessado em mais uma parceria?

— Eu tô encrencado, TX. Ou devo dizer Toninho Xerez? Preciso falar com você, e agora. Estou na praça que fica a um quarteirão da redação do seu jornalzinho, no banco perto do chafariz. Vem me encontrar, tô esperando.

E desligou o aparelhinho, sem dar tempo ao outro de responder. Mesmo que identificasse o número e chamasse de volta, a ligação iria direto para a caixa postal.

A espera foi angustiante, mas meia hora depois o repórter apareceu. Era um homem de seus 35 anos, vestido de forma displicente. Fumava, e parecia nervoso. Quando chegou perto do banco, jogou o cigarro no chão e amassou-o com o pé.

— E aí, garoto? O que é que você quer?

Bruno fez força para ocultar a repugnância. Embora tivesse virado um *cracker*, fato que o colocava *do lado de lá* da lei, estar diante de um chantagista de verdade era assustador.

— Quero saber como foi que você descobriu o que aconteceu no meu colégio.

Toninho sentou-se no banco da praça, cruzou as pernas e pegou outro cigarro.

— Você não está em posição de exigir nada de mim. Quem exige as coisas no nosso... relacionamento sou eu.

O adolescente fechou a cara.

— Você me ameaçou. Me obrigou a fazer a pior coisa do mundo: trair a confiança de amigos. Seu jornal tá faturando alto com o texto que eu mandei, o mínimo que você pode fazer é me contar como conseguiu a informação pra me chantagear!

O outro riu, cínico. Acendeu outro cigarro.

— Pode ser... só que isso vai te custar, garoto. Quero mais textos, mais capítulos.

Bruno já esperava por aquilo, mas fingiu surpresa:

— Isso é impossível! O tal Aloísio Terezi não tá mais escrevendo na casa dele. Estão dizendo que a tevê enfiou todo mundo da produção num hotel até o fim da novela. Devem estar trabalhando com sistemas novos, provedores diferentes, não tem como eu conseguir um endereço IP pra invadir uma rede dessas...

Dando de ombros, o repórter soltou uma baforada de fumaça e respondeu:

— Você é amigo da filha do homem. Você consegue.

O menino ficou um tempo em silêncio, como ele e Tamara haviam ensaiado.

— Eu... vou ver o que posso fazer — disse, tentando soar relutante. — Mas quero saber quem me denunciou. Agora.

— Para mostrar como sou generoso, vou te contar — o homem disse, num sorriso. — A psicóloga da sua escola é irmã da minha namorada. Foi ela que deu o serviço todo. Contou pra irmã da invasão do programa com as notas das provas, deu toda a sua ficha. Minha

Cenas do próximo capítulo

garota não tem segredos pra mim. Daí foi só fazer uma pesquisa básica e eu descobri tudo sobre você, seu pai, e como você é amiguinho da filha do Terezi. Coisa básica pra um repórter investigativo...

A raiva subiu à cabeça de Bruno:

— Você não é um repórter investigativo! É um bandido, um chantagista, um sanguessuga, tira proveito das pessoas pra ter lucro! O que ganhou com tudo isso?

Sem se abalar, Toninho Xerez levantou-se e jogou o segundo toco de cigarro no chão, amassando-o.

— Não é da sua conta, mas eu aumentei meu prestígio. Ganhei mais respeito na minha área de trabalho. E graças a você, agora, quanto mais jornal a gente vende, mais eu ganho: consegui ter participação nos lucros. Bom, garoto, estamos combinados. Eu te mando um e-mail amanhã, pra saber em que pé vão estar as suas... pesquisas...

E foi embora da praça, acendendo o terceiro cigarro. Bruno despencou no banco da praça, suando de nervosismo. Ligou o celular de Tamara e o sentiu vibrar. Atendeu.

— Respira fundo, Bruno. Você parece que vai ter um troço. Gravou tudo?

Ele apertou um botãozinho no *pen drive* que tinha no bolso da calça.

— Acho que sim. E você, conseguiu filmar?

— Tudo. Teve gente que passou na frente, mas deu pra pegar bem você e o chantagista. Podemos pôr a segunda parte do plano em ação!

Bruno gemeu. Uma certeza ele tinha adquirido, naquela história toda: não tinha nascido para ser agente secreto. O único fato que o faria continuar com o esquema, agora, era a raiva que estava sentindo da psicóloga do colégio. Bela maneira de manter o sigilo médico-paciente! Fofocar com a irmã. Nas sessões após o acontecido, ela havia se mostrado tão boazinha, compreensiva... e ele tinha confiado nela.

Tratou de abafar o nervosismo todo e foi encontrar Tamara do outro lado da rua.

A coisa agora ia esquentar...

Quinta-feira, oito e meia da noite.

A enorme sala da suíte do hotel parecia um quartel-general de exército.

Meia dúzia de computadores, monitores de tevê e um conjunto de *home theater* que deixou Bruno babando, assim que entrou no quarto atrás de Tamara.

Estava apavorado, mas ultimamente aquele era seu estado normal. A única pessoa que ele conhecia, ali, era o pai da amiga.

— Seu Aloísio... — começou ele — ...eu queria dizer pro senhor...

O homem teve pena dele:

— Não precisa dizer nada, Bruno. Minha filha me explicou tudo, e se a gente der o troco para aquele sujeito, vai ser graças a você.

Passou às apresentações. Os dois adolescentes se encolheram ao serem apresentados a toda aquela gente: o outro roteirista, o famoso Fidélio Almanara; Cláudio, o diretor-geral da novela; o produtor, Villas; o advogado, Dr. Alberto. Quando se sentaram nos sofás de couro vermelho a um canto da sala, entraram ainda três homens: um era o gerente de programação, que eles só conheciam por fotos dos jornais. O segundo se apresentou:

— Boa noite, sou o Dr. Serrieri, investigador da 90ª delegacia. Minha especialidade são fraudes e crimes digitais. Acabo de ser informado de todos os detalhes do caso. Podem ficar sossegados, tudo o que dissermos aqui será sigiloso.

O terceiro homem, cuja visão fez cair o queixo de Bruno e Tamara, era diretor de seu colégio. Com um sorriso, ele se sentou ao lado deles.

— Estamos juntos nisso, meus filhos. Vocês não têm o que temer.

"A não ser mais algumas surras com o cinto do meu pai", pensou Bruno, amargo.

Mas fez força para não pensar naquilo quando o policial começou a falar:

— Pelo que soubemos, vocês têm um vídeo do chantagista.

Parecendo tranquila, Tamara pegou um CD na bolsa e deu ao pai. Aloísio colocou numa entrada de DVD do *home theater*. Bruno e a amiga haviam, naquela tarde, baixado no computador as imagens que ela gravara com a câmera digital e mixado com os sons do diálogo, que ele gravara em formato MP3 com o *pendrive*. O resultado estava ali, para todo mundo ver.

O vídeo não tinha lá a melhor qualidade de som e imagem, mas a definição era suficiente para todos terem ideia do que estava acontecendo. Para um chantagista, Toninho fora muito descuidado, admitindo o que fizera. A menção à psicóloga do colégio fez o diretor franzir as sobrancelhas e rosnar. Bruno sentiu até pena da mulher.

— Bom trabalho, crianças — disse o chefão de programação, quando Aloísio apertou *stop* no controle remoto. — Temos o bastante para apertar o sujeito, não?

— Sim, ele pode ser acusado de crime de furto de dados e violação de segredos — foi a resposta do investigador. E, olhando para Bruno: — Mas o mais grave é a chantagem e o aliciamento do menor. Se seus pais fizerem uma denúncia...

O garoto ficou mais vermelho que o couro do sofá.

— Meus pais não sabem de nada. Meu pai... ele...

— Eu me entendo com o Coronel Lorenciani — declarou o diretor, levantando-se. — Não acredito que ele vá à polícia. E não precisa ter medo, Bruno. Consultei o doutor, aqui, e os advogados do colégio. Seu pai pode ser militar, e você cometeu lá os seus erros. Mas nada justifica os maus-tratos a que foi submetido. Uma denúncia à Vara de Família sobre esse tipo de abuso pode até fazer que ele perca o pátrio poder.

— E, de certa forma — acrescentou o policial —, foi a violência dele que fez você cair nas mãos desse chantagista. Qualquer juiz vai concordar comigo...

Tamara pegou na mão de Bruno, apertando-a. Só naquela hora ele compreendeu o que ela dissera, quando tinham se entendido: *tem uma coisa que você vai me deixar fazer*. Ela havia resolvido contar àquela gente sobre os castigos do coronel.

Ele estremeceu e assentiu com a cabeça, sem coragem de dizer mais nada. O produtor, Villas, disse então:

— E quanto à nova exigência do Toninho? Ele espera que o Bruno consiga pra ele mais capítulos da novela. Como vamos lidar com isso?

Aloísio e Fidélio sorriram largamente.

— Ah, vamos colaborar com o nosso amigo — disse Almanara.

— Preparamos uma surpresinha. Está a fim de dar o troco a esse infeliz, Bruno?

O garoto riu também. Era incrível, mas estava começando a gostar de bancar o espião.

Sexta-feira, oito horas da noite.

Bruno ouviu a música de encerramento de *A vingança nunca tarda*. Sua mãe estava na sala, hipnotizada pela telinha, constatando a volta de Adalgisa e a angústia de Marco Aurélio.

Sorriu consigo mesmo, vendo aparecer o aviso de e-mail na tela do computador. Era TX, exigindo mais dados. Bruno clicou em *responder* e digitou:

> Não foi fácil de entrar, os caras estão protegendo o sistema de tudo que é jeito. Só consegui interceptar um único e-mail com um pedaço de capítulo. Segue anexo.

Clicou em *enviar*. Quase ao mesmo tempo a voz do pai soou, do corredor:
— Desliga essa porcaria e vai jantar, Bruno!
— Tô indo, pai.
Mas, antes de desligar o computador, ele destacou o e-mail que acabara de enviar e encaminhou uma cópia para Tamara.

Sábado, oito horas da manhã.

O jornaleiro estava ansioso, desta vez. A entrega do tabloide semanal estava bem atrasada. Afinal a van da distribuidora apareceu, e ele não perdeu tempo. Descarregou, abriu depressa o pacote e leu a manchete de *A Fofoca Diária*.
Sua mulher estava esperando para saber as novidades.
Reteve a respiração ao ler o que dizia a primeira página.

ADALGISA NÃO É ADALGISA: É SUA IRMÃ GÊMEA LUDOVICA!

O homem passou os olhos ansiosos pelo lide da notícia: *Todos oram enganados. Adalgisa estava mesmo morta, e quem apareceu foi sua irmã, Ludovica! Ela assumiu a identidade falsa para se vingar de Marco Aurélio, que a desprezou quando eram jovens. Mais uma vez Toninho Xerez descobre os segredos da novela das oito!*
O homem não perdeu tempo em ligar para a esposa.

Quarta-feira, onze horas da manhã.

O chefe da redação estava furioso. Saiu da 90ª delegacia com uma tremenda vontade de socar o repórter ao seu lado, que parecia não estar muito certo do que estava acontecendo.

— Satisfeito, Xerez? Um processo por crime digital! Você disse que estávamos seguros, que o menino não ia nos denunciar. E o safadinho ainda conseguiu gravar um vídeo com você fazendo ameaças!

O outro engrolou uma resposta:

— A gente pode dar o troco pro moleque... Soltar a matéria que eu ameacei, citando o pai dele, o coronel. Acabamos com a reputação dele, do pai, do colégio e...

— Que parte da conversa você não entendeu? O delegado deixou claro que não podemos envolver o garoto. Uma palavra que saia em qualquer veículo da imprensa sobre ele, e vamos enfrentar um processo bem pior, por chantagem e aliciamento de menores! Até nosso advogado, que tá acostumado a tirar a gente dessas encrencas, disse que estamos com as mãos amarradas.

— E daí? A gente tá vendendo horrores, com as revelações da novela.

— Pode ser, mas são revelações falsas. Metade da produção da novela deu entrevista esta semana, garantindo que não existe irmã gêmea coisa nenhuma, que isso é um clichê desencavado pela imprensa sensacionalista. Você errou feio, cara.

Toninho soltou meia dúzia de palavrões, enfiou as mãos nos bolsos e saiu andando pela rua na frente do chefe, emburrado. Não sabia como se safar daquele processo, mas daria um jeito. Ele sempre dava. O que lhe doía era não poder se vingar do fedelho.

"Danou-se", pensou, dando de ombros. "Ele é um *hacker*, vai acabar aprontando de novo. E eu vou estar de olho, quando ele se meter em outra encrenca dessas..."

Quarta-feira, meio-dia e cinco.

— Eu juro, nunca mais vou me meter em outra encrenca dessas! — desabafou Bruno com Tamara.

Cenas do próximo capítulo

Estavam no espaço atrás da cantina. O sinal de fim das aulas havia soado e os dois tinham corrido para lá, para finalmente poderem conversar a sós. Nos últimos dias, suas conversas haviam sido sempre acompanhadas por adultos: advogados, funcionários da emissora, gente da direção da escola.

— Não esquente mais a cabeça. Meu pai disse que tá tudo bem, agora. O jornalzinho se ferrou com o processo que vai tomar e com as mentiras que divulgou sobre a novela. A audiência aumentou muito, tá dando pico, porque o país inteiro resolveu discutir se Adalgisa é ela mesma ou é a tal da irmã gêmea...

O rapaz riu.

— Queria que você visse a cara do meu pai. Anda me tratando com o maior cuidado. Ouvi ele e minha mãe conversarem, anteontem, quando voltaram da reunião com o conselho da escola. Eles pensam que eu não sei de nada e que o diretor descobriu sobre as surras porque o professor de educação física viu as marcas quando fui trocar de roupa no vestiário. O mais louco é que eles nem desconfiam da minha ligação com a novela das oito... e nenhum dos dois perde um capítulo, ultimamente!

A menina sorriu daquele jeito que fazia o coração dele saltar.

— Meu pai me contou sobre a reunião do conselho. Encostaram o coronel na parede. Citaram o Estatuto da Criança e do Adolescente, a perda da guarda dos filhos por causa de maus-tratos... e só tiveram elogios pra você, pelo jeito como se redimiu do que aconteceu ano passado.

— Sabe o que foi o melhor de tudo? Quando a coordenadora entrou na sala de aula e apresentou a psicóloga nova.

A menina riu com vontade. Também tinha adorado aquilo. Ele continuou:

— Foi você quem conseguiu, Tamara. Com esse seu jeitinho, livrou a minha cara e fez as coisas acontecerem. Queria achar um jeito de te agradecer!

Ela brincou com um cacho dos cabelos dele.
Sorriu com malícia.
— Acho que eu consigo pensar em alguma coisa...

Quarta-feira, meio-dia e dez.

A servente da manhã entrou bufando na Coordenação.
— A senhora tem de tomar uma providência. Eu já bronqueei um monte de vezes, mas assim mesmo tem um casalzinho lá atrás da cantina se agarrando. A gente devia fechar aquele canto!
A coordenadora olhou pela janela. Pôde ver o casal em questão saindo disfarçadamente do local suspeito. Sorriu.
— Estou vendo, são o Bruno e a Tamara. Pode ficar sossegada, amanhã vou dar uma boa chamada naqueles dois.
A servente saiu resmungando e a professora voltou a olhar pela janela.
— Ai, que saudades da minha adolescência... — murmurou ela, ainda sorrindo.

Duas semanas depois.

A VINGANÇA NUNCA TARDA. CAPÍTULO 114. CENA XXX.
PRAÇA. EXTERIOR. NOITE.
PLANO GERAL DA PRAÇA COM O CORETO AO CENTRO. MÚSICA.

CORTA PARA VULTO DE MULHER, OCULTO NUMA COLUNA DO CORETO.

CÂMERA MOSTRA PÉS DE MARCO AURÉLIO SUBINDO A ESCADINHA.

Cenas do próximo capítulo

MÚSICA PARA NUM ACORDE DRAMÁTICO.

ADALGISA APARECE E VAI AO ENCONTRO DELE, NO CENTRO DO CORETO.
CLOSE DE MARCO AURÉLIO; ESTÁ MUITO SÉRIO.

Adalgisa — Você deve me odiar, depois de tudo o que eu fiz, Marco Aurélio...
Marco Aurélio — Eu devia mesmo.
Adalgisa — Não se preocupe. Meus advogados limparam seu nome, e Catarina foi presa. É só uma questão de tempo até você ter sua fortuna de volta. Agora... adeus.

ELA VAI SAIR DE CENA. MÚSICA. ELE A SEGURA PELO BRAÇO.

Marco Aurélio — Espere, Adalgisa. Sei que você tentou consertar as coisas, mas nada é tão simples assim. E tudo que eu sofri? Quem paga por isso?
Adalgisa (DESESPERADA DE REMORSOS, LÁGRIMAS ESCORRENDO PELO ROSTO) — Não sei mais o que fazer pra te compensar, Marco Aurélio. Como posso pagar minha dívida?
Marco Aurélio (SORRINDO) — Acho que eu consigo pensar em alguma coisa...

ELE A BEIJA.
CÂMERA GIRA NO CORETO EM TORNO DOS DOIS.
SOBE TEMA ROMÂNTICO. CORTA.
VINHETA. CRÉDITOS FINAIS.

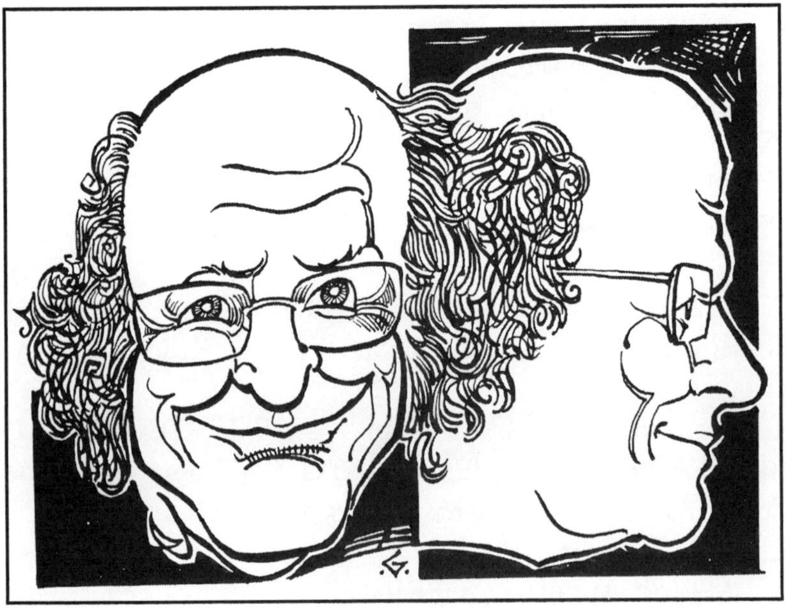

Rogério

Procura-se

ROGÉRIO ANDRADE BARBOSA: perigoso escritor-mochileiro, meio careca, com cabelos espetados pros lados, ondulando aos ventos dos sete mares.

Idealista, sonhador e romântico. Sua cabeça é como uma caixa cheia de segredos borbulhantes. Costuma ser visto em saguões de aeroportos em todos os lugares possíveis e inimagináveis, zanzando por uma das ruas do bairro da Glória, caminhando na Praia do Flamengo, torrando-se ao sol no Posto Nove de Ipanema, nas sessões de cinema no Estação Botafogo, verificando as novidades nas livrarias e se esbaldando atrás dos blocos de rua tradicionais durante o Carnaval. Indivíduo perigoso. Esconde-se numa toca secreta enquanto cria suas histórias mirabolantes. Quem o capturar será devidamente recompensado.

A escritora

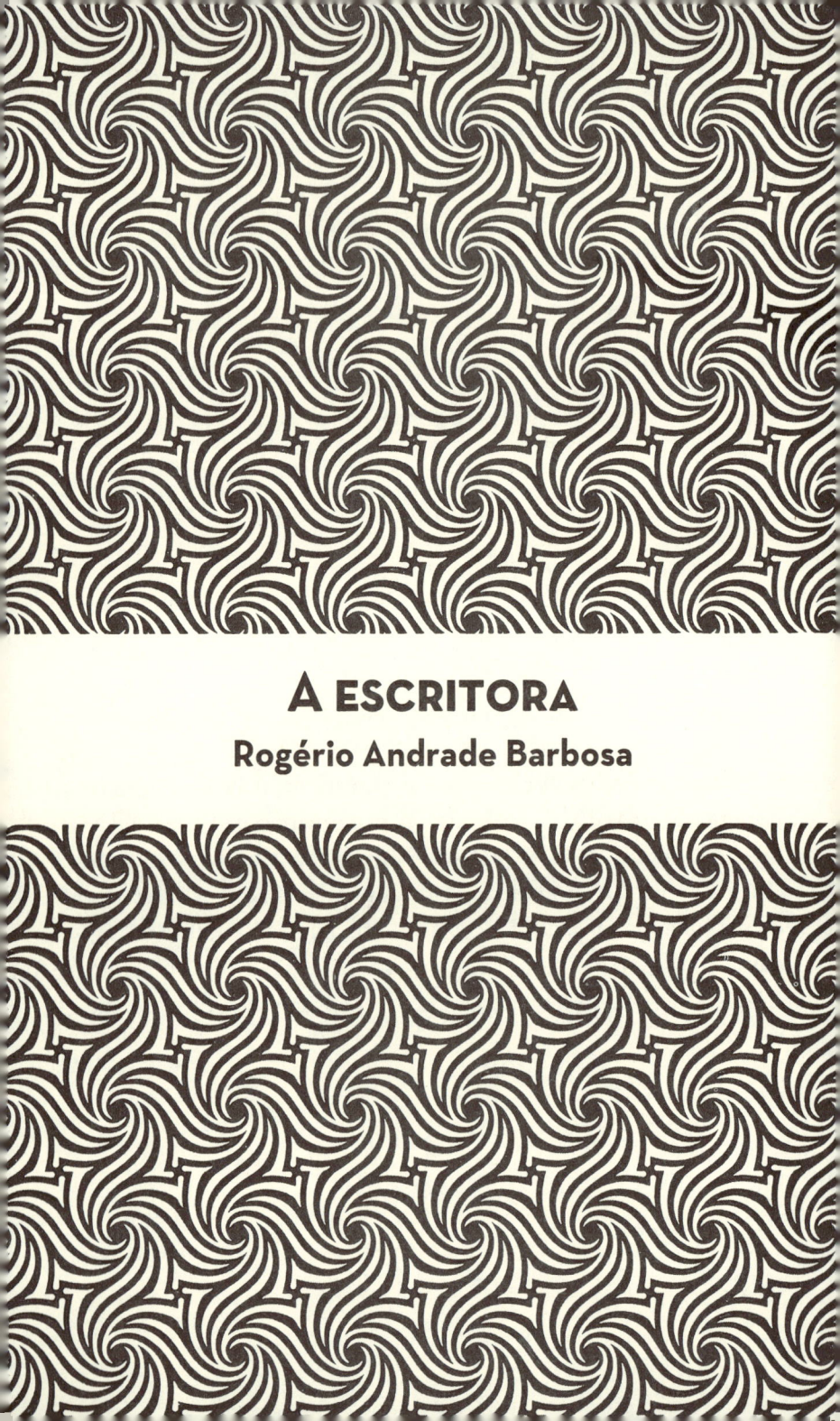

Rogério Andrade Barbosa

"Eu sou a que no mundo anda perdida,
Eu sou a que na vida não tem norte,
Sou a irmã do Sonho, e desta sorte
Sou a crucificada... a dolorida..."

(SONETOS – FLORBELA ESPANCA)

I

Sempre quis ser escritora. Ao contrário do que muitos pensam, a escola pública onde estudei teve um papel importante nesta decisão. Desde pequena as professoras elogiavam meus textos. Isso me incentivou muito. Passei a seguir, ao pé da letra, uma frase que ouvi e jamais esqueci: "Antes do escritor vem o leitor."

Eu lia muito, ou melhor, devorava todo tipo de livro e adorava revistas em quadrinhos. Sempre que podia, me isolava em um canto, mergulhada nas histórias de meus autores favoritos. Só não curtia histórias tristes, tipo a do Soldadinho de Chumbo, que me levavam às lágrimas. Confesso que sou uma manteiga-derretida.

Certa vez li uma novela de mistério em que o personagem principal, um adolescente aspirante a escritor, se parecia comigo. Decorei até um dos trechos de que mais gostei:

> *"Os livros são como tapetes voadores que me levam para bem longe e estimulam a minha imaginação. Através de suas páginas me transporto a outros continentes. Sobrevoo terras, florestas, mares, ilhas, desertos, vales, montanhas e vulcões distantes. Descubro novas culturas e me identifico com os personagens, sofrendo e vibrando com suas aventuras."*

Era assim que eu me sentia, como se pudesse vivenciar, através da leitura, outros lugares, outras vidas...

Ler tornou-se uma necessidade que chegava quase à obsessão. Mas tem outra coisa. Sempre tive tendência a engordar. Primeiro era gordinha, depois fiquei gorda de verdade e, quando cheguei aos 17 anos, estava obesa. Dessas que comem uma lata de sorvete em frente à televisão ou acabam com uma caixa de chocolate em segundos.

É claro que o motivo do meu excesso de peso não era a minha compulsão pelos livros. Muito pelo contrário. Eles é que atenuavam a minha solidão e me mantinham ligada ao mundo.

Tudo não passava de uma herança genética. Meus pais faleceram, como diziam os poetas antigos, na flor da idade. Eram tão gordos que mal cabiam nas fotografias...

Os apelidos que eu tinha na escola mudavam conforme o meu peso aumentava: Bolinha, Bolona do Vasco, por causa do meu time do coração. E, finalmente, Boleta.

Não ligava. Fazia que não escutava. Deixava pra lá.

Meu avô é que não gostava das alcunhas que me davam. Quando uma das raras colegas me chamava pelo apelido, perguntando se eu estava em casa, ele respondia com o mau humor costumeiro:

— Aqui não mora Boleta alguma.

II

Cadernos e mais cadernos com as histórias que eu gostava de inventar empilhavam-se na minha estante, até o dia em que ganhei um computador.

Aí, passei a acumular não sei quantos arquivos gravados com meus textos.

Meu grande incentivador foi um escritor que encontrei há alguns anos, um conhecido autor de literatura infantil e juvenil. Quando soube que ele daria uma palestra na minha escola, quase não acreditei.

No dia da visita, não perdi uma de suas palavras e fui a aluna que fez mais perguntas ao convidado.

No final, a professora de Língua Portuguesa apresentou-me a ele como sendo uma futura escritora.

— Tem apenas doze anos. Mas é a que mais lê e que melhor escreve na turma — disse ela, deixando-me toda sem graça.

Além do autógrafo, o autor me deu seu cartão de visita e falou:

— Escreva pra mim.

E foi o que fiz no dia seguinte. Uma carta de 10 páginas, escrita a mão!

Achei que ele nunca iria me responder. Mas em breve tempo recebi uma resposta. Acho que aquele foi o dia mais feliz de minha vida!

Nossa troca de cartas durou anos, até ele falecer. Durante a nossa intensa correspondência, eu expunha meus sonhos de um dia me tornar uma escritora.

Além dos conselhos para aprimorar a minha escrita, ele me dava também sugestões de leitura.

Li de tudo um pouco: Machado de Assis, Castro Alves, Jorge Amado, Graciliano Ramos, Cecília Meireles, Clarice Lispector, Gabriel García Márquez, Federico García Lorca, Pablo Neruda... Tinha fascínio por livros de mistérios como os de Allan Poe, Agatha Christie, Conan Doyle e Stephen King.

Detestava livros de autoajuda. Nunca entendi como as pessoas perdem seu tempo com eles. De acordo com a receita básica do sucesso, propagada por um desses autores, eu tava ferrada. Tirando o último item, eu seria reprovada em quase todos os outros da tal lista: autoestima elevada, capacidade de comunicação, atitude positiva, habilidade em estabelecer metas, dedicação ao trabalho... ambição.

Teve uma época em que tentei escrever poesias. Fracassei. Essa não era minha praia. Limitava-me a decorar os versos dos poetas prediletos. Sempre fui fã de uma poetisa portuguesa chamada Florbela Espanca. Seus versos eram românticos, sofridos, melancólicos, como se tivessem sido arrancados do fundo da alma:

> *Eu quero amar, amar perdidamente!*
> *Amar só por amar: Aqui... Além...*
> *Mais este e aquele, o outro e toda a gente...*
> *Amar! Amar! E não amar ninguém!*

Não é o máximo? Quem dera se eu tivesse a metade da força poética dela. E fosse capaz de provocar raios e trovões apenas com o poder de minhas palavras. Ou tivesse "claridade para encher todo o mundo".

Mas de uma coisa eu tinha certeza: nas minhas veias corria o sangue de escritora.

III

Com meus autores prediletos ia aprendendo, passo a passo, a construir uma boa história. Daquelas que a gente não larga até terminar, saboreando página por página, uma atrás da outra. Esse era o segredo. Fazer o leitor se apaixonar pelo texto. Seduzi-lo. Encantá-lo como uma sereia que, com seu canto, atrai os navegadores.

Meu correspondente tentava, a todo custo, refrear minha ânsia de publicar um livro antes que eu tivesse adquirido um pouco mais de experiência. Dizia que eu ainda era muito nova. Tudo tinha o seu tempo. E que teria de amadurecer. Enfim, aprender mais com a própria vida.

Que vida? Meu mundo era ficar trancafiada em casa, devorando páginas incontáveis e escrevendo textos que ninguém iria ler, enquanto engordava cada vez mais.

Nunca quis fazer dieta. Não sou uma ruminante pra ficar mastigando folhas e brotos pacientemente.

Além do mais, sou uma cozinheira de mão cheia e adoro preparar pratos tradicionais da comida portuguesa: ensopados, bacalhoadas, leitoas assadas, rabanadas...

Até que eu gostava de esportes e de dançar. Modéstia à parte, dançava muito bem. Sou vidrada em filmes musicais. Já assisti a *Hairspray — em busca da fama*, mais de dez vezes. Na história, uma adolescente cheinha de corpo põe pra quebrar e vence um concurso de dança num famoso programa de televisão.

Mas fui perdendo o interesse por qualquer atividade física. Acabei aprendendo xadrez. Além de aguçar a mente, o xadrez tem uma vantagem: pode ser praticado a sós.

Minha vida era uma rotina só. Enfadonha. De casa pra escola, da escola pra casa.

Namorado? Nem pensar! Nenhum garoto queria sair comigo.

Meu mundo limitava-se aos livros, à escrita, à internet e aos filmes românticos, de terror e de suspense que alugava numa locadora.

Quando eu tinha 14 anos, minha madrinha forçou-me a consultar, pela primeira e última vez, uma psiquiatra. Detestei. A doutora disse que eu apresentava sintomas de depressão, coisa de adolescente mal resolvida, e receitou-me um antidepressivo. Joguei a receita fora e nunca mais voltei à tal médica.

IV

Fui criada por meu avô paterno desde a morte de meus pais, que nem cheguei a conhecer direito. Faleceram antes de eu completar cinco anos. Por isso, tive uma infância excessivamente triste.

Meu avô, um imigrante português, se orgulhava em dizer que chegara ao Brasil com uma mão na frente e outra atrás. Aos doze anos já trabalhava no botequim de um tio. Ralou muito. Com o tempo, deixou de ser empregado para se tornar patrão.

A escritora

Durante a maior parte da vida permaneceu atrás de um balcão, economizando cada centavo que ganhava. Graças a suas economias, juntou bastante dinheiro. Quando decidiu casar, escreveu aos parentes do outro lado do mar, pedindo que lhe enviassem uma esposa da terrinha saudosa.

— As brasileiras não gostam de trabalhar duro — implicava, com seu jeito rude.

A vila onde morava a minha família, em Botafogo, foi construída por ele para os cinco filhos.

Uma ruazinha quieta, protegida por um grande portão de ferro. Ali vivíamos como se fosse numa cidade no interior. Seis casas com varandas, três de cada lado, uma de frente para a outra. Sem grades nem cercas, árvores na rua, passarinhos pulando nos galhos e galos cantando nos quintais.

Passei a infância praticamente na minha rua, soltando pipas, brincando de esconder, estourando bombinhas e me empaturrando com pratos de canjica nas festas de São João. Durante os animados arraiais, nossa vila transformava-se numa autêntica aldeia, enfeitada de bandeirolas com as cores de Portugal.

Aos poucos, os filhos e netos, como a minha tia, se mudaram para apartamentos. Outros emigraram para o Canadá e a Austrália. A vila, então, foi ficando deserta, tristonha...

Meu avô, aos 90 anos, era um homem forte e lúcido. Ele mesmo alugava as casas que iam ficando vazias. Com a idade, tornou-se exigente. Não admitia a presença de crianças e jovens, para evitar bagunça na vila. Quatro delas foram alugadas por casais de comerciantes lusos aposentados, sem filhos. O último imóvel, para desgosto dele, permanecia fechado.

Foi então que, de um dia para o outro, minha sorte mudou de forma inesperada.

Eu tinha acabado de completar o ensino médio. Vivia frustrada com as cartas que recebia das editoras, recusando os meus textos. Isso quando respondiam, pois muitas nem me davam um retorno.

Ficava amargurada. O que adiantava ter sido a melhor aluna em Língua Portuguesa da turma? De que adiantava o monte de livros que eu tinha lido?

Nem me passava pela cabeça tentar divulgar meus textos via internet, como muita gente costuma fazer. Os blogs, a meu ver, serviam apenas de refúgio para pretensos literatos querendo aparecer ou fugir do anonimato. Enfim, um bando de frustrados em busca de autopromoção.

Meu amigo escritor já tinha me alertado que a primeira vez era sempre difícil: o primeiro namorado, o primeiro beijo, o primeiro emprego, o primeiro livro. Ele mesmo, no início de sua carreira, tivera muitos textos recusados.

Mas eu achava que ele falava isso só pra me consolar. As editoras, pra mim, queriam saber apenas de autores consagrados. Novatas, como eu, jamais teriam uma chance.

Pensava assim, quando uma nova moradora veio se instalar na casa que ficava bem de frente para a nossa.

— Uma jornalista aposentada — informou meu avô —, em busca de um lugar silencioso para trabalhar. Alugou apenas por um ano.

— O senhor falou da algazarra que os galos fazem de manhã?

— Falei. Ela gostou. Disse que passou a infância na roça. E mais nada. Uma gaja calada, solteirona.

Na primeira vez que vi a mulher, reconheci imediatamente. Era J.J. Rodrigues, a mais famosa autora brasileira de livros policiais! Uma pessoa conhecida por seu temperamento arredio, avessa a entrevistas e badalações literárias.

Eu, sempre que podia, fazia um esforço para assistir a palestras de autores nas livrarias e centros culturais. Valia a pena pegar um ônibus ou metrô para apreciar um encontro literário. E, numa dessas ocasiões, havia comparecido a uma das raríssimas aparições em público de J.J. Rodrigues.

Por isso, apesar dos óculos escuros que ela usava no dia da mudança, não tive dificuldades em identificá-la.

Pensei em pedir um autógrafo. Afinal, eu tinha dois livros escritos por ela. Não tive coragem. Desisti antes de chegar ao portão.

No outro dia, ao acordar, vi a escritora sentada na varanda, preparando-se para trabalhar. Era daquelas autoras que ainda escreviam em máquinas datilográficas. Gostava do barulhinho das teclas, dissera na palestra a que assisti.

Curiosa, peguei o binóculo que eu usava para observar os pássaros e fiquei espionando a escritora. Devia ter uns setenta anos. O rosto sulcado de rugas profundas contrastava com a longa cabeleira branca, presa num rabo de cavalo. Ao lado, em cima de uma mesinha, um balde com gelo e uma garrafa de uísque. Pelo visto, ela era daquele tipo que gosta de beber enquanto escreve. De acordo com uma reportagem publicada em uma revista literária, a lista de autores dependentes de álcool era extensa. Entre os estrangeiros, nomes como Alan Poe, Jack London, Ernest Hemingway, Scott Fitzgerald e William Faulkner. Além de alguns brasileiros... A mesma matéria dizia que, ao artista, o álcool pode dar asas, mas rouba-lhe o céu.

Ela escrevia freneticamente, numa velocidade incrível. Arrancava as folhas com um gesto ríspido e, com uma caneta vermelha, ia fazendo as correções. Depois, trocava o papel e retomava o ritmo enlouquecedor. No final da manhã, a lata de lixo ao lado da máquina estava lotada de folhas amassadas.

Este era um hábito antigo dela, como eu havia lido numa revista, ao contrário de outros autores que tinham o cuidado de rasgar tudo. Alguns possuíam até uma máquina de picar papéis.

Ela não! Jogava fora o que não gostava e começava tudo de novo.

Só parou na hora do almoço, quando o motoqueiro de um restaurante veio lhe trazer o almoço.

Passou a tarde lendo e dormindo na rede instalada na varanda. À noite, se isolou na sala, ouvindo música clássica até as luzes da casa se apagarem.

Essa era outra de suas características. Só escrevia durante as manhãs.

VI

Fui dormir com a imagem da escritora em minhas retinas. No meio da madrugada, tive um bruta pesadelo. Sonhei com um filme chamado *Louca obsessão*, adaptado de uma das obras de Stephen King, o Mestre do Terror Moderno.

Nele, a personagem principal, uma gordinha interpretada magistralmente por Kathy Bates, que ganhou o Oscar de melhor atriz por sua atuação, sequestrava um escritor famoso.

Acordei na hora em que vi o rosto da personagem. Era eu!

Não consegui dormir mais. Não sei o que os escritores, cineastas, novelistas e a sociedade em geral têm contra as pessoas que lutam contra a balança. Peso não tem nada a ver. É puro preconceito. Conheço muitos gordos que são pessoas bem resolvidas e felizes. Nem todo mundo precisa ser magricela como essas modelos esqueléticas que passam a vida inteira fazendo dietas e ginástica.

Quanto ao filme, eu não me julgo louca feito a personagem e nem teria coragem para sequestrar alguém.

Ao amanhecer, já estava em meu posto de observação quando a escritora, usando um roupão, abriu a porta da frente e saiu para depositar o lixo na calçada. Uma sacola com os restos de comida e outra cheia de papéis.

A escritora

— Será que é o que eu penso? — perguntei em voz alta a mim mesma.

Antes que o lixeiro aparecesse, peguei uma mochila velha e corri até lá. Guardei o saco plástico entulhado com os rascunhos que J.J. Rodrigues havia jogado fora e voltei pra casa.

Olhei, cautelosa, para os lados. Ninguém tinha me visto. A vila, naquele horário, felizmente permanecia deserta.

Desamarrotei a papelada cuidadosamente na mesinha do meu quarto, alisando folha por folha com as mãos, torcendo para ser o que eu queria. Minha intuição não falhara. Eram os primeiros esboços de um novo romance! E, numa anotação, encontrei o resumo da história:

"O texto, um *thriller*, é sobre um homem que desaparecera misteriosamente durante a festa de aniversário do filho pequeno. Saíra à rua pra comprar cigarros e nunca mais retornara."

Nos dias que se seguiram, fui recolhendo os capítulos riscados de cima a baixo com inúmeras correções, que ela colocava no lixo. No final do mês, eu já tinha uma ideia do roteiro que estava sendo elaborado.

Foi então que resolvi fazer uma loucura.

Tentaria escrever uma história parecida com a dela, mudando os nomes dos personagens e os lugares onde a ação se passava.

Sabia que isso era plágio. E daí? Que se danesse os escrúpulos! Queria era ser tão famosa quanto ela. Estava cansada de ser refutada e ignorada. Queria ver que editora iria recusar o meu livro agora.

Só havia um problema. Eu teria de terminar a minha história antes que J.J. Rodrigues colocasse um ponto final na dela. Mas, como a escritora passava boa parte do dia reescrevendo e reelaborando o texto, eu teria tempo suficiente.

E também teria de ter o cuidado de jamais ser vista por ela.

J.J., ao longo dos meses, mantinha a costumeira e rígida disciplina ao teclado. Comida, compras de supermercado e remédios chegavam através de entregas. Não recebia visitas nem qualquer tipo de correspondência. Era como se tivesse largado o mundo para trás. Ela só saía de seu casulo aos domingos, quando um táxi vinha buscá-la de manhã. O mesmo carro a trazia de volta antes do anoitecer.

VII

Os dias passavam rápido. O tempo, como diz um poema de Pablo Neruda, cavalga nas asas do vento.

Eu ficava o dia inteiro trancada em meu quarto, reescrevendo as páginas que recolhia no lixo. Meu avô não estranhava meu isolamento. Eu era assim mesmo. Teimosa que nem uma mula brava.

— Estou estudando para o vestibular no fim do ano — mentia, deixando-o contente.

Sou perita em mentir. Acho que inventar uma boa mentira é muito melhor do que tentar explicar o inexplicável.

Estávamos em março. O prazo para a entrega de originais para concorrer a um dos mais famosos prêmios literários brasileiros encerrava-se no dia 30 de maio.

O texto de J.J. Rodrigues estava praticamente pronto. Com começo, meio e fim. Mas ela nunca parecia estar contente com o resultado. Detalhista ao extremo, reescrevia os capítulos obsessivamente.

No final de abril, meu avô teve de ser levado às pressas, no meio da madrugada, em uma ambulância. Desta vez, parecia que a coisa era séria. Tanto que tive de me mudar temporariamente pra casa de minha tia na Tijuca.

Ela já estava acostumada com meus deslocamentos, pois o apartamento da tia era o lugar em que eu me refugiava sempre que o vovô era internado.

A escritora

Foi ali que eu pude, finalmente, concluir a história.

No texto elaborado por J.J. Rodrigues, um dos convidados da tal festa de aniversário tinha perdido a carteira com todos os documentos. No mesmo dia ocorrera o misterioso desaparecimento do primo que abandonara o salão do condomínio, adornado com bolas de soprar, no dia em que seu filho celebrava um ano de vida, alegando que ia comprar cigarros e jamais regressara.

Meses depois, esse convidado recebeu uma intimação para comparecer a uma delegacia. Um homem havia sido encontrado morto, assassinado com vários tiros, numa cidade do interior de Goiás, portando os documentos que ele achava ter perdido.

Ao ver a foto do cadáver, reconheceu na mesma hora o rosto do primo. Saiu da delegacia arrasado, sem entender as razões do seu sumiço e do triste fim que tivera.

A busca pela verdade tomava conta do resto do livro, num jogo de gato e rato infernal.

Uma ideia banal, mas desenvolvida de forma extraordinária pela veterana autora.

Consegui terminar minha versão na véspera da data limite estipulada pelos organizadores do prestigiado concurso.

Não foi tão difícil quanto eu pensava. Era como adaptar um texto qualquer. Justamente o que eu estava fazendo, com pouquíssimas modificações, para não desmanchar a trama perfeita. Para dar o meu tom pessoal, além de introduzir novos personagens e cenários, alterei, também, frases e diálogos.

Para evitar qualquer tipo de suspeita, coloquei no envelope o endereço da casa de minha tia.

O primeiro título em que pensei para a história foi SEGREDOS ROUBADOS, mas evitei o evidente duplo sentido. Troquei para SUMIU E NINGUÉM VIU.

VIII

Em setembro saiu o resultado do concurso. Quase caí dura no chão. Meu texto ficou em primeiro lugar! Além do prêmio em dinheiro — uma bolada considerável — a história que eu plagiara seria publicada por uma das maiores editoras do país.

O livro saiu pouco antes do Natal. Fui saudada pela crítica literária como uma nova J.J. Rodrigues. E permaneci na lista dos mais vendidos durante meses.

Apesar do espanto provocado pelo fato de eu ter apenas 17 anos, diziam que eu tinha um estilo próprio. Uma verdadeira e precoce mestre do romance policial. Tanto que ganhei também o prêmio de autora revelação do ano.

Gênio, prodígio, era assim que me rotulavam.

De uma hora para a outra, minha vida mudou completamente. Inclusive minha conta bancária. Passei a ser convidada para dar entrevistas em jornais e em programas badalados de televisão. E participei, como grande estrela, de feiras do livro pelo Brasil afora e até no exterior.

Com a ajuda de uma *personal stylist*, tomei um banho de loja e adotei um penteado moderninho. Eu, que só andava desleixada e nem usava batom, aprendi a me vestir e a me maquiar como uma atriz de televisão. De um dia para outro, deixei de ser uma gata borralheira. Fiz até regime, seguindo a orientação de uma nutricionista.

Durante um bom tempo, dei palestras em várias escolas e universidades. Os homens que me ignoravam no passado começaram a me assediar. Pediam autógrafos, enviavam e-mails e escreviam bilhetinhos audaciosos. Com a fama e o dinheiro adquirido, passei a ser considerada uma gordinha fofa, charmosa e até sexy!!!

IX

Nunca mais consegui escrever nada que prestasse. Parecia um castigo divino. Meu editor me pressionava para que eu escrevesse outro best-seller. Impossível. A fonte de inspiração secara. Em menos de dois anos fui esquecida. A mídia, do mesmo jeito que me promoveu, logo me ignorou completamente.

Como consequência, cessaram os convites, as viagens e as bajulações. E todas as editoras fecharam suas portas para mim.

Quanto a J.J. Rodriques, teve uma tremenda decepção ao entregar o texto que finalmente terminara. O editor recusou os originais, sob a alegação de que já havia um livro parecidíssimo com o dela fazendo grande sucesso no mercado.

Não ousaram insinuar nada contra mim, com medo de serem processados por calúnia.

J.J. Rodrigues, a partir daí, abandonou a vida literária. Não lançou mais nenhum livro, e enclausurou-se numa cidadezinha do interior, mas seus títulos continuaram sendo reeditados com sucesso.

Muita gente achava que tudo tinha sido um truque de mercado. Uma jogada de marketing. Especulavam que eu não passava de uma impostora, que havia assumido a autoria em nome de J.J. Rodrigues, para dar um lucro maior à editora.

O que tinha um fundo de verdade. Eu realmente era uma farsante. "Um verme que um dia quis ser astro", como escreveu Florbela Espanca.

Mas não tinham provas suficientes para me incriminar.

X

Voltei a minha vidinha medíocre e depressiva de sempre. Depois da morte de meu avô, passei a cuidar dos aluguéis na vila. A maioria das casas atualmente encontra-se em péssimo estado de conservação e elas me rendem uma ninharia por mês.

Com o decorrer dos anos, engordei mais ainda. Atualmente, nem consigo andar direito. Tanto que me inscrevi na fila dos pacientes que aguardam uma operação para reduzir o estômago.

O dinheiro que ganhei no concurso e com os direitos autorais foi todo gasto em dolorosos tratamentos médicos.

Nem sei como terminei a Faculdades de Letras. Graças aos meus conhecimentos da Língua Portuguesa, consegui me cadastrar numa editora para trabalhar em casa como revisora.

Tenho um prazer enorme em encontrar erros gramaticais e de estilo nos originais de outros autores. É neles que descarrego a minha frustração.

XI

Sei que não voltarei a escrever. O segredo que me atormenta há tantos anos tornou-se uma barreira intransponível. Talvez para me redimir, passei a trabalhar como voluntária em um grupo que conta histórias em um hospital infantil.

Todos os domingos uma van vem me buscar em casa. A garotada me recebe com toda a alegria e carinho. Somos parceiras na dor e na alegria.

A única diferença é que eu, pelos menos, posso retornar para casa. A maioria da meninada, não. Muitas daquelas crianças passarão a vida inteira em um leito. Apesar de tudo, sinto-me realizada enquanto leio livros infantis durante as minhas visitas. A literatura, mais uma vez, ofereceu-me uma chance.

Parodiando J.D. Salinger, autor de *O apanhador no campo de centeio*, um de meus livros de cabeceira, *"o que eu mais queria, no fim das contas, é que todas aquelas crianças pudessem voltar para casa"*.

XII

Minha operação foi um sucesso. Em poucos meses, emagreci bastante e estou recobrando a alegria de viver. Aos 26 anos, ainda tenho a vida inteira pela frente. Penso até em ter ou adotar uma filha. Quem sabe se ela não será a escritora que eu não fui.

A grande novidade é que J.J. Rodrigues, após um longo período de ostracismo, voltou a escrever e lançou um livro que ela considera sua derradeira produção.

A notícia fez com que eu aliviasse o peso que atormentava minha consciência havia tantos anos. Não conseguia suportar a culpa de ter prejudicado a carreira dela.

Estou doida pra comprar um exemplar. Fiquei intrigada com a resenha que li em um jornal. O livro é sobre uma moça que rouba os originais de um autor!

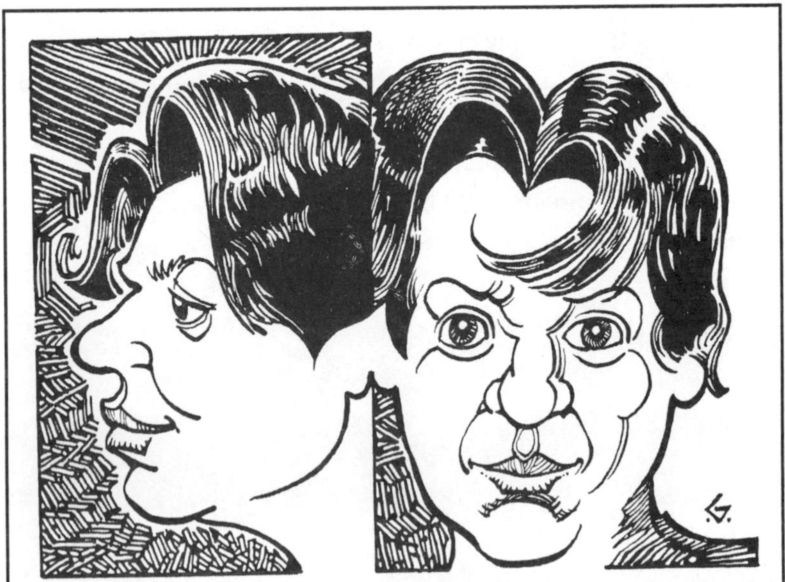
G.

Leo Cunha

Procura-se

    Anote aí os indícios: Leo Cunha é um mineiro que não bebe café, um brasileiro que não pula Carnaval, um barbado que não suporta filmes de ação. Canhoto pra escrever, destro pra chutar bola. Dono de hábitos suspeitos, como colecionar marcadores de livros (tem mais de 2 mil), jogar no lixo as jujubas verdes e ler histórias para a barriga grávida de sua esposa. Alguma coisa esse sujeito deve estar escondendo! Mestre do disfarce, é acusado de ser um homem de quatro caras, mas alega que é apenas gêmeos com ascendente em gêmeos. E não acredita em astrologia.

Como antigamente

Conto de Leo Cunha

1.

Cristiano conferiu o relógio, impaciente. Só faltavam cinco minutos pra acabar o intervalo e nada de o Edmundo chegar com a encomenda. Será que o bandido tinha dado pra trás? "Droga!", xingou em pensamento. "Se o Edmundo roer a corda, a Rosana nunca mais vai querer olhar pra mim!"

Olhou para um lado e para outro: ninguém por perto, fora um casal de namorados trocando carinhos, segredos e beijos no pescoço. Se tudo desse certo, em breve ele e a Rosana estariam ali, naquele mesmo cantinho escondido atrás da cantina, no maior love do mundo.

— Prontinho! — Edmundo apareceu sorrateiro, às suas costas.

Cristiano deu um pulo, assustado. Para um cara tão gorducho, até que o Edmundo se movia com agilidade!

— Eis a minha obra-prima! — Edmundo sacudiu no ar a encomenda. — Ou melhor: a *sua* obra-prima!

— Fala baixo! — chiou Cristiano. — Imagina se alguém escuta a nossa conversa?

— Relaxa, rapaz! Não tem ninguém aqui, só aquele casal do segundo ano, e eles não estão nem aí pra gente.

— Pô, Edmundo, você quase me matou de aflição com essa demora. Achei que ia furar comigo.

— Ei, tá me estranhando? Eu sou profissa, nunca furei com ninguém. Confere aí o trabalho e me diga se não tá uma belezura.

Encadernado, cheio de ilustrações, gráficos coloridos, índice, bibliografia, tudo o que o professor pediu e mais um pouco.

— Obrigado, cara, você caprichou mesmo. Mas olha, eu posso te pagar amanhã?

— Aí não! Eu não posso atrasar a entrega, mas você pode atrasar o pagamento?

— É que meu pai ainda não me deu a mesada da semana. Amanhã eu te pago sem falta, aqui mesmo, atrás da cantina. O preço é aquele mesmo?

— Cinquentinha. E tá barato, hein?

— Tô sabendo. A Táti me contou que pagou sessenta pelo trabalho de geografia. Ah, por sinal, ela pediu pra eu te agradecer, ela tirou total.

— Grande novidade... — Edmundo mal conseguia disfarçar o orgulho. — É claro que ela tirou total! Já te falei que o meu serviço é garantido: pode ser geografia, história, matemática, português, inglês, o que vier eu traço. Só não faço prova porque não tem jeito. Outro dia mesmo eu...

— Putz! — interrompeu Cristiano.

— O que foi? Errei alguma coisa?

— Eu esqueci de te avisar: o trabalho não é no meu nome, é no nome de uma menina da minha sala... Eu prometi que ia fazer o trabalho pra ela.

— Como é que é? Você prometeu fazer o trabalho pra ela e depois me pagou pra fazer o serviço?

— E daí? Que diferença faz? Você recebe sua grana do mesmo jeito e eu ganho a menina mais bonita da sala. Da sala não, da escola. Do mundo!

— De onde surgiu essa deusa, assim, de repente?

— De repente não. Ela sempre foi da minha sala, mas nunca olhou pro meu lado. Foi só eu me oferecer pra fazer o trabalho pra ela e pronto: agora ela é toda atenção pra cima de mim.

Como antigamente

— Então agora é assim... Eu tô sendo terceirizado....
— Ih, Edmundo, deixa de ser chato. Pra você dá na mesma. Agora me ajuda aqui: como é que a gente resolve o problema do nome?
— Mole. É só você arrancar a primeira página e pôr o nome dela a mão, no alto da segunda folha. Não vai ficar tão bonito, mas em termos de conteúdo não muda nada. Como é que ela se chama?
— Rosana.
Edmundo arregalou os olhos e caiu na gargalhada. Seus olhos quase sumiam por cima das bochechas redondas:
— Rá rá rá! Que ironia do destino!
— De que que você tá falando? — Cristiano fez uma careta.
— Já não se fazem Roxanas como antigamente! — decretou Edmundo, com o dedo em riste.
— Não é Roxana, é Rosana! — retrucou Cristiano, irritado.
Edmundo fez um biquinho irônico:
— Santa ignorância!
Cristiano ameaçou apelar:
— Qual é a graça, hein, palhaço? — rosnou, com os punhos cerrados.
— Fica frio, pitboy! Presta atenção: como a gente ainda tem uns dois minutos antes de acabar o recreio, eu vou te dar uma aulinha *de grátis*... Você já ouviu falar de Cyrano de Bergerac?
— Se enganou de quê?
— Não é "se enganou", é Cirranô. Se escreve Cyrano, mas a pronúncia é Cirranô. Nunca ouviu falar?
— Não, nunca.
— Não leu um livro com esse nome? Nem aquela velha adaptação das Edições de Ouro? O sujeito narigudo?
— Pinóquio?
— Não, ô, demente! Nunca viu aquele filme com o Depardieu?

— Quem?

— Deixa pra lá. Quem sabe a versão americana, com o Steve Martin? Uma comédia romântica, muito engraçada, essa você deve ter visto. Vive passando na Sessão da Tarde.

Cristiano só balançava a cabeça.

— Vou te confessar um negócio, Edmundo. Eu nunca gostei muito de ler, não. E cinema também me dá um pouco de preguiça. Só vejo filme de ação, de aventura ou de artes marciais.

— Mas esses filmes são cheios de luta e de ação! Você ia adorar. E o mais curioso de tudo é que na história tem um Cristiano apaixonado por uma Roxana. Essa é que é a grande ironia.

— Mas a minha é Rosana...

— Tanto faz como tanto fez! Repara bem a coincidência: no livro, o Cristiano é um rapaz bonitão, assim como você, mas não é lá muito brilhante... sem querer te ofender, tá?

— Tá bom, eu tô acostumado. Escuto isso desde o primário...

— Pois então. O Cristiano é apaixonado pela tal Roxana, uma moça linda, fina, delicada. Só que ele não tem coragem de se declarar para ela, tem medo de não saber se expressar, acha que vai pagar o maior mico. Aí é que entra o Cyrano. Ele é um puta espadachim, além de gênio na matemática, na música, na poesia. O cara é fera em tudo.

— Igual a você, que faz trabalhos pros outros de tudo quanto é matéria. Acho que eu entendi aonde você tá querendo chegar.

— Exato, Sherlock! O Cyrano é quem escreve os poemas de amor pro Cristiano. É ele quem fica escondido, debaixo da varanda, soprando as palavras apaixonadas que o cretino... quer dizer, que o Cristiano vai usar pra conquistar a Roxana.

— Legal! E deu certo, no livro e no filme?

— Ô, se deu! Ela ficou completamente alucinada pelo bonitão. Se bem que no final...

— O que é que acontece?

— Ah, nada não. Um dia você lê o livro e descobre. Não quero estragar as surpresas.

— Mas a Roxana se apaixona pelo Cristiano?

— Isso com certeza!

— Então não precisa falar mais nada. Se a Rosana tirar total nesse trabalho, eu te pago cem pratas.

— Opa, quanta generosidade! Claro que eu aceito, recusar dinheiro é pecado.

Cristiano já ia saindo, mas deu meia-volta e agarrou Edmundo pelo colarinho:

— Mas tem uma coisa, hein? Esse nosso negócio é segredo absoluto! Se você abrir o bico eu te quebro todinho!

— Claro, nem precisa pedir uma coisa dessas.

— Tô falando sério. A Rosana não pode nem sonhar que não fui eu quem fez o trabalho. Ela tem que achar que eu sou o maior culto...

— Tudo bem... Agora, cá entre nós, você quer um conselho?

— Ahn...

— Eu sei que não sou a pessoa mais indicada pra dar dicas amorosas, mas se eu fosse você, ficava esperto com essa Rosana, hem?

— Esperto? Por quê?

— Pensa bem: até a semana passada, a menina mal conversava com você e agora começa a te dar bola só porque você se ofereceu pra fazer um trabalho pra ela? Sei não, hein? Essa menina tá te usando. Por isso é que eu disse: já não se fazem Roxanas como antigamente!

2.

Cristiano entrou afobado na sala, com o trabalho debaixo do braço. O professor olhou feio e apontou o relógio.

— Desculpa, fessor, a fila na cantina tava imensa.

Sentada no fundo da sala, Rosana abriu um sorriso e fez sinal com o dedo para ele se aproximar.

Ele atravessou a sala correndo e se aboletou na carteira ao lado da menina. Mais linda que nunca, ela o espiou com o cantinho do olho e perguntou, toda dengosa:

— E aí? O trabalho ficou bom?

— Não quero me gabar não, mas... dá só uma olhada.

Abriu o trabalho em cima da carteira e folheou distraidamente, página por página, como quem não quer nada. Não queria se mostrar nem ansioso nem orgulhoso demais.

— Gostou?

— Nossa, ficou maravilhoso!

O professor, que estava anotando matéria no quadro, se virou impaciente.

— Vamos ficar quietinhos, quinta série?

Um caxias na primeira fila riu da piadinha, pra agradar o mestre.

— Eu odeio esse puxa-saco... — resmungou Cristiano.

— Deixa pra lá. É só pra irritar a gente, Cris. Posso te chamar de Cris?

— Acho que pode, ué! Se bem que ninguém me chama assim.

— Não. Qual que é o seu apelido?

— Nenhum, não. É só Cristiano mesmo.

— E quando você faz alguma coisa errada, como é que sua mãe te chama?

— Cristiano Augusto. "Cristiano Augusto, você dormiu com a televisão ligada de novo!"

Rosana começou uma gargalhada e parou no meio, com medo de o professor reclamar de novo.

— Não consigo imaginar você dormindo na frente da televisão. — sussurrou. — Pensei que você ficasse estudando até dormir. Tão culto desse jeito!

— É que.... é que às vezes a gente tem que relaxar, né, depois de estudar o dia inteiro...

— Com certeza! Incrível como você consegue tempo pra ler tanto, pesquisar tanto. Fiquei impressionada com o trabalho, viu?

— Você merece... Além do mais, não foi sacrifício nenhum. O trabalho é sobre aquecimento global e eu sempre acompanho o noticiário falando desse assunto.

— Verdade? Pois eu acho que nunca li nenhuma notícia sobre aquecimento global. Se não fosse a sua ajuda eu ia passar o maior aperto pra fazer esse trabalho.

— Não foi nada. Aquecimento global é um dos meus assuntos favoritos. Por falar nisso, esta sala tá pegando fogo hoje, não tá?

Rosana não entendeu se era piada ou não, mas, por via das dúvidas, deu uma risadinha.

— Ah, Cris, eu confesso que você me tirou um peso enorme das costas. No início do ano, quando a escola apareceu com essa matéria nova, eu entrei em pânico.

— Como assim, Rosana?

— Ué, a gente morrendo de estudar pro vestibular, todo mundo cheio de matérias importantes, e a escola me aparece com essa tal de "Tópicos Contemporâneos"? Que matéria mais inútil!

— Engraçado... Minha mãe achou a ideia muito boa. Aliás, ela disse que várias escolas estão criando matérias assim no terceiro ano. Parece que é uma tendência pedagógica...

— Ah, você me desculpe, mas sua mãe tá maluca. O professor só fica falando de coisa que não cai no vestibular. É aquecimento global, tráfico de droga, CPI disso, CPI daquilo, crise na África, revolução na Ásia, não é possível uma coisa dessas!

— Sei não... — suspirou Cristiano. — Mamãe falou que hoje em dia os vestibulares estão perguntando muito sobre atualidades. Vai ver essa matéria acaba servindo pra alguma coisa.

— Serve nada! Isso é a escola tentando dar uma de moderninha. Cê viu o discurso da coordenadora? "Nosso colégio demonstra mais uma vez que está sintonizado com os novos tempos." Conversa fiada! Ainda pra piorar trouxeram um jornalista, que tá acostumado a dar aula em faculdade, pra ser o professor da porcaria da matéria.

O professor bateu a mão com força no quadro:

— Tá difícil vocês dois aí do fundo, hein?

— Desculpa, professor. Mas nós tamos falando é sobre a matéria... — disse Rosana, compenetrada.

Cristiano quase soltou uma gargalhada. Depois continuou sussurrando:

— Se o cara sabe dar aula em faculdade, ele vai saber dar aula aqui também.

— Engano seu, Cris. Aula em faculdade é outro esquema. Os alunos estão lá porque querem estudar de verdade aquelas matérias. É muito mais fácil dar aula pra uma turma assim. Aqui não: a gente não tem interesse verdadeiro nas matérias. Eu, pelo menos, quero aprender os conteúdos só pra passar no vestibular e pronto. Ou vai me falar que você adora decorar aquelas fórmulas de física?

— Claro que não!

— Então. Eu só vou aprender porque não tem outro jeito e o vestibular pra medicina é puxado pra caramba. Mas, no dia seguinte ao vestibular, faço questão de apagar tudo da memória. Não preciso de nada disso pra ser uma boa médica. Já estou por aqui de tanta física, matemática, história, geografia, tudo isso, e ainda me inventam esses "Tópicos Contemporâneos"! Comigo não. Meus neurônios estão totalmente reservados para as questões do vestibular. É por isso que eu não presto a menor atenção em nada que fala esse jornalista aí.

— Mas se você não tá nem aí pra essa matéria, por que faz tanta questão de tirar nota boa no trabalho? Por que me pediu pra fazer o trabalho pra você?

— É simples, meu lindo: pra entrar na faculdade, eu tenho que passar no terceiro ano. Esqueceu disso? Não adianta nada passar no vestibular e tomar pau aqui na escola.

— Putz, é mesmo. Aí você tem razão.

— Minha sorte, Cris, é que apareceu você, um anjinho de olhos azuis, pra me salvar. Ainda bem que esse jornalista não dá prova, não faz simulado, só dá trabalho pra fazer em casa. Senão eu tava ferrada.

— Que nada, Rosana, foi um prazer fazer esse trabalho pra você. Precisando de novo, é só falar.

— Olha que eu vou precisar, hein? Posso abusar de você?

— Pode abusar à vontade... Ah, antes que eu me esqueça, você tem que assinar seu nome aí na primeira página. Eu não quis escrever com a minha letra. Assim, o professor nunca vai desconfiar de que não foi você que fez o trabalho...

"E você nunca vai desconfiar que não fui eu que fiz...", Cristiano sorriu calado.

3.

No dia seguinte, na hora do recreio, Edmundo não chegou sorrateiro. Apareceu sorridente, a mão estendida.

— Cadê minha grana?

— Toma. Cinquentinha agora e, como eu prometi, mais cinquenta semana que vem, se a Rosana tirar total. Pode confessar: você já deve estar rico de tanto fazer trabalho pros outros.

— Quem dera, Cristiano. Eu não sou de família rica, feito você, não. Preciso de qualquer graninha extra que rolar. Vai que eu só consigo entrar numa faculdade particular, quem vai bancar meus estudos?

— Mas cobrando cinquenta de cada um, já deu pra economizar bastante, né?

— Também não é assim. No começo eu nem sabia direito quanto cobrar. Quando era pros meus amigos, pro povo da minha sala, eu costumava fazer até de graça, ou em troca de um picolé. Adoro picolé de limão! E quando era pra alguém desconhecido, eu ficava sem graça e pedia uma mixaria. Às vezes os caras ficavam até com dó do meu jeito simples e eles mesmos ofereciam pagar mais. Aposto que deviam estar com um complexo de culpa de todo tamanho. Você ficou?

— Ficou o quê?

— Com complexo de culpa de me encomendar o trabalho.

— Eu não. O trabalho nem era pra mim... Meu medo é só a Rosana descobrir. Mas você jurou que não conta.

— Claro. Se eu sair contando, eu mato a minha galinha dos ovos de ouro! E vou te falar uma coisa: é cada vez mais gente que me encomenda trabalho. O pessoal manda e-mail, telefona, recado no celular, até me seguem na saída da escola, é uma verdadeira maratona. Teve um dia em que eu tava dormindo, num domingo, sete horas da manhã, e não é que um sujeito me acorda, chorando do outro lado da linha, acho que era até da sua sala.

— Sério? Quem era?

— Não posso contar. Sigilo profissional. Mas o cara jurou que tinha passado a noite em claro, que não conseguia fazer o trabalho de história, que não tinha entendido direito o que a professora queria, que não podia tomar recuperação, que o pai era bravo, ia deixar de castigo, ia bater nele, tirar o celular, doar o videogame, cancelar a terapia, tudo o que você puder imaginar o cara despejou no meu ouvido.

— E você fez o trabalho?

— Foi a primeira vez que eu tive vontade de recusar. Pô, o maior domingão e o cara me tira da cama... Mas acabei fazendo meio nas coxas.

— O cara tirou nota ruim?

— Sei lá! Eu não perguntei. Aliás, nunca perguntei pra nenhum cliente a nota que ele tirou. Nem ninguém veio me contar.

— Nunca reclamaram de uma nota ruim?

— Jamais. Eu imagino que correu tudo bem. Mas por que essas perguntas todas? Por acaso você tá com medo da nota da sua princesinha?

— Não, de jeito nenhum. O professor vai devolver o trabalho semana que vem e eu tenho certeza de que ela vai tirar total. Ela ficou encantada com o trabalho e disse até que vai abusar de mim...

— Dá-lhe, garoto!

— Mas sabe o que é? Eu é que não tô me sentindo muito à vontade com essa história. Tô pensando em contar a verdade pra ela.

— O quê? Contar que você comprou o trabalho?

— É.

— Pô, cara, assim você me derruba! Quer me tirar da praça?

— Não, nada disso. Eu tô meio com medo, meio com vergonha, da Rosana descobrir.

— Você é um cara muito esquisito. Um dia ameaça me quebrar todinho se eu abrir o bico. No dia seguinte já quer contar pra menina?

— Pois é, Ed... Essa menina tá me deixando apaixonado. Eu não quero que ela fique chateada comigo....

— Ai, só me faltava essa, um cliente com crise de consciência... Já não se fazem Cristianos como antigamente!

4.

— Vamos fazer silêncio, quinta série? — pediu o professor pela terceira vez em cinco minutos, batucando a caneta na mesa. — Vocês querem receber os trabalhos ou não querem?

A turma enfim se acalmou, curiosa pra saber se aquele risinho do professor era de empolgação ou de ironia.

— Os trabalhos ficaram bons, mestre? — perguntou o caxias da primeira fila.

— Bem, isso depende. Alguns trabalhos estão bons, outros medianos e alguns poucos estão fracos. Até aí nada demais, já estou acostumado. Na faculdade é exatamente a mesma coisa. O que me chamou a atenção é que um dos trabalhos estava muito, mas muito bom.

Cristiano sentiu o sangue corando seu rosto, numa mistura de alegria e constrangimento. Teve que fazer muita força pra não olhar para Rosana, mas sentia que ela estava olhando satisfeita pra ele.

A menina rabiscou alguma coisa e depois inclinou o caderno, pra ele ler. "Meu ídolo!"

O professor passeou os olhos pela turma e depois mirou o fundo da sala, na direção de Cristiano e Rosana.

— Como eu ia dizendo, um dos trabalhos estava tão bom, mas tão bom, que achei que tinha alguma coisa errada...

Cristiano congelou na carteira e imaginou o sorriso malandro desaparecendo do rosto de Rosana.

— Vocês devem achar que eu não leio os trabalhos — continuou o professor. — Só pode ser isso. Vai ver vocês pensam que, como sou jornalista, desenvolvi alguma espécie de leitura dinâmica, alguma maluquice assim.

— Mestre, o senhor me desculpe, mas eu não estou entendendo aonde o senhor quer chegar... — comentou o caxias.

— É muito simples, garoto. Eu conheço vocês e conheço a linguagem de vocês. Não é difícil perceber quando o trabalho de alguém tem uma linguagem muito diferente da que ele usa normalmente. O vocabulário, o tipo de frase, até mesmo as referências. Vocês precisam entender uma coisa. Eu prefiro um trabalho mediano, mas que foi realmente feito por vocês, a uma obra-prima feita por outra pessoa.

Rosana engoliu em seco e pensou: "Droga, como será que ele descobriu que o Cris fez o meu trabalho?"

Cristiano idem: "Droga, como é que ele descobriu que eu comprei o trabalho?"

O professor tirou da pasta de couro o trabalho da Rosana. Não havia como se enganar: era o único encadernado, com espiral, capinha transparente na frente e vermelha atrás. Rosana segurou a mão de Cristiano, por debaixo da carteira.

— Desculpa, Cris — sussurrou ela. — Eu compliquei a sua vida e a minha.

O professor continuou, muito sério:

— Este trabalho do qual estou falando não foi feito por nenhum aluno desta sala.

— Ahn? — Rosana apertou a mão de Cristiano, confusa.

— Este trabalho foi inteiramente copiado da Internet, da primeira à última linha.

— O quê? — Rosana largou a mão de Cristiano e o encarou, branca de susto. — Copiado da Internet? Como assim?

— Filho da p... — rosnou Cristiano, pensando no Edmundo.

— Não vou dizer de quem é o trabalho — explicou o professor. — Mas, infelizmente, não tenho outra opção senão dar nota zero.

Cristiano começou a suar frio. O que ele podia fazer agora? Tinha que pensar em alguma desculpa.

— Professor, por favor, me deixe explicar.

— Explicar o quê, Cristiano? Não existe explicação. E além do mais, não é do seu trabalho que eu estou falando.

— Eu sei, professor, é do trabalho da Rosana.

— Cristiano Augusto, você está querendo me matar de vergonha? — gritou a menina furiosa, quase avançando pra cima dele.

— Calma, Rosana, deixe que eu resolvo isso. Sabe o que é, professor? Eu ajudei a Rosana porque ela gosta demais da sua matéria e queria fazer um trabalho excelente. Foi só isso que aconteceu.

— Sinto muito, Cristiano, mas isso não explica nada. Não importa se você ajudou ou não, o problema é que foi tudo copiado e colado da Internet.

— Não pode ser, professor. Eu juro que fiz o trabalho com ela.

Rosana afundou a cabeça nas mãos e começou a chorar.

— Cale a boca, Cristiano, não fale mais nada, você tá só piorando as coisas.

Mas ele tinha que tentar alguma coisa, não podia simplesmente perder a menina, agora que estava tão perto:

— Só pode ser coincidência, professor. Talvez este site que o senhor achou tenha pesquisado no mesmo lugar que eu.

— Isso é absolutamente impossível, rapaz. Onde já se viu duas pessoas escreverem cinco páginas cem por cento iguais? Vou ler só o primeiro parágrafo. *O aquecimento global é uma questão polêmica, que atrai defensores radicais em ambos os lados da questão. De um lado estão os "apocalípticos", segundo os quais a temperatura do planeta está se elevando rapidamente, o que só pode ser revertido por uma mudança brusca nos padrões de poluição, desmatamento, produção industrial e meios de transporte. No outro extremo, os "conspiratórios" alegam que o aquecimento global é uma grande falácia. Para eles, o planeta não corre nenhum risco de catástrofe e, na verdade, o que existe é uma pressão política, dos países de primeiro mundo, que desejam refrear o desenvolvimento dos países pobres.* Você tem coragem de dizer que escreveu isso?

— Claro que sim!

— Então me diga o que significa "falácia"?

— Falácia... não é tipo uma montanha, um abismo, uma coisa assim?

— Não, Cristiano — disse Rosana, por entre os dentes. — Você tá pensando em "falésia"...

— Ops, eu confundi...

O professor balançava a cabeça, incrédulo.

— Que fique claro para vocês todos, pessoal. É impossível duas pessoas escreverem textos idênticos, palavra por palavra.

— Pode acontecer... — ainda insistia Cristiano.

— Só se for em algum filme, garoto. Na vida real, a chance é zero vírgula zero.

— Pode acontecer... — era tudo o que ele conseguia repetir.

— Não, Cristiano, não pode! — berrou Rosana. — Como é que eu fui cair na sua conversa? O que você tem de bonito você tem de burro!

5.

Enquanto contornava o prédio da cantina, Cristiano tentava decidir a melhor estratégia: já chegava chutando, dando soco ou simplesmente xingando? Seu rosto estava roxo de tanto ódio. Ódio que só fez aumentar quando deparou com a expressão sorridente de Edmundo.

— E então? Cadê meus outros cinquenta?

Ah, quer saber? Aquele traíra merecia pelo menos um murro na cara, pra começo de conversa. POW!!! A pancada foi tão forte que lançou o outro contra o muro de chapisco.

— Cinquenta o cacete! Você é que vai me devolver os meus cinquenta, seu safado!

— Que é isso, rapaz? — Edmundo se encolheu, assustado. — Ficou maluco?

— Sabe quanto a Rosana tirou no trabalho?

— Menos de dez?

— Tirou ZERO, seu babaca! — Cristiano acertou mais um soco no nariz de Edmundo. — Como é que você teve coragem de copiar o trabalho inteirinho da Internet? Hein? Me explica isso!

— Calma, cara! Se alguém te vê me batendo desse jeito, cê vai expulso da escola.

Mas Cristiano nem ouviu.

— Vamos, me explica!

— Eu não copiei nada...

— Você deve achar que eu sou muito burro mesmo! O professor descobriu tudo: control C, control V. Que cara de pau, a sua!

Edmundo abaixou os olhos e deu um risinho sem jeito.

— Pô, cara, foi mal!

— Foi mal? É isso que você tem pra me dizer? Foi mal? A Rosana não quer me ver nem pintado de outro! Ela nem olha mais pra mim. Ela foi humilhada em sala de aula. E eu também.

— Mas normalmente os professores nem leem direito esses trabalhos, dão uma olhada por alto, dão um visto e pronto... Isso nunca aconteceu antes, você deu azar...

— Azar droga nenhuma! Você mentiu com a cara mais lavada do mundo, falou que era fera nisso, fera naquilo, que era o Ciganô do século XXI. E o idiota aqui acreditou em tudo.

— Cyrano...

— É assim que você faz, sempre? É assim que você ganha seu dinheiro pra entrar na faculdade particular? Nunca vi um dinheiro tão fácil!

Deu um último safanão no Edmundo e virou de costas.

— Quer saber? Vou embora daqui antes que aconteça alguma coisa pior.

Mas Edmundo o segurou pelo braço:

— Escuta uma coisa, Cristiano: você me pagou porque quis, tá sabendo? Ninguém te obrigou. Na Internet tá assim de gente se oferecendo pra fazer, elaborar, resolver, desenvolver, criar, produzir, preparar, organizar o seu trabalho escolar, o seu dever de casa, exercício, tarefa e até monografia e dissertação de faculdade... Eu não inventei nada, meu amigo, sou apenas um intermediário. Vocês ficam aí, com preguicinha ou vagabundagem, e eu não! Eu fiz o meu dever de casa, e sei exatamente onde procurar os trabalhos. Às vezes pago 20 e cobro 50. Às vezes pago 50 e cobro 100. É a lei do mercado, meu caro. Eu tô oferecendo um serviço, nada mais. Se não for eu, vai ser outro.

— É, mas quem leva ferro é a gente! Você não corre o menor risco. Seu nome nem aparece.

— Você conhece o ditado: quem entra na chuva é pra se molhar.

— Mas que sacanagem! Eu só queria ganhar a Rosana...

— Isso é problema seu! Você já é todo galãzinho, nem precisava disso pra conquistar a menina....

— Cala a boca, Edmundo! O que é que você sabe de conquista, seu... seu... seu gordo idiota?

— Gordo? Essa é nova! Você não achou nenhuma ofensa melhor, não? Nada mais criativo dentro do seu vasto vocabulário? Pois saiba, rapaz, que desde pequeno já me chamaram de baleia, balão, balofo, banha, barril, bolota, bolão, isso pra ficar só na letra B. Ou então, quando não querem me magoar, eu viro fofinho, cheinho, robusto, forte, saudável...

— Seu gordo horroroso!

— E você, Cristiano, não passa de um rosto bonitinho. Um bonequinho de cera fingindo que é culto pra ganhar as meninas.

— Você se acha superior a todo mundo, só porque faz trabalhos escolares pros outros. Faz não, finge que faz! E depois fica aí nessa arrogância: já não se fazem Roxanas como antigamente, já não se fazem Cristianos como antigamente...

— Pois é a pura verdade. Só que tem um pequeno detalhe, que eu esqueci de te contar.

— O quê?

— Também já não se fazem Cyranos como antigamente.

FIM

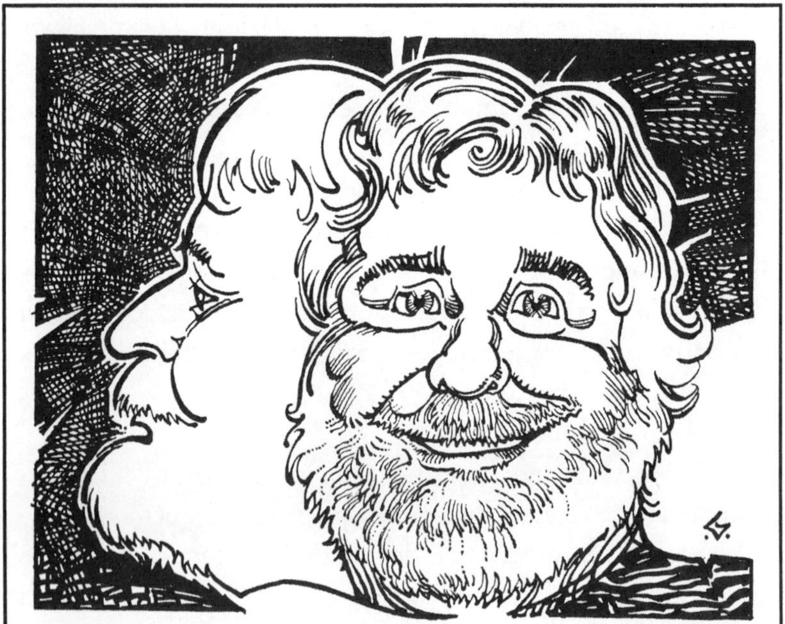

Luiz Antonio Aguiar

Procura-se

Luiz Antonio Aguiar: perigoso agente-ora-infantil-ora-garotão infiltrado no mundo dos *Gente-Grande*. Tem muitos segredos na vida. Um deles é que, na verdade, não é adulto (mesmo já sendo avô do Vicente e da Olívia). É como a biografia bem séria da orelha deste livro — tudo disfarce para melhor poder exercer suas artes. Mas não se deixem enganar: ele está do lado de quem tem *mundos à vista*! Aquariano, carioca, bom cozinheiro e rubro-negro, escreveu esta história que, se algum politicamente correto souber que ele a está passando aos seus leitores, vai dar chabu. Esta é daquelas que ele não podia mesmo contar!

QUASÍMODO

Luiz Antonio Aguiar

Quasímodo 1
[Do lat. Quasi modo, as palavras iniciais do introito da missa celebrada no Domingo de Pascoela.]
S. m. Domingo de Pascoela.

Quasímodo 2
[Do ficciôn. Quasimodo, personagem monstruosa da obra Notre-Dame de Paris, de Vítor Hugo (v. hugoano).]
S. m.
Indivíduo quasimodesco (cuja fealdade lembra a de Quasímodo; monstruoso, quasimodal); mostrengo, monstrengo.
    Dicionário Aurélio Eletrônico Séc. XXI

"Pascoelo... ele é tão feio que parece um sapo. Antes, ficava meio culpada de pensar isso, mas agora não. Ele é um sapo. Um sapo. Quando olha para mim, me dá um arrepio. Me dá um apertão abaixo do umbigo. Uma vontade de me encolher, de me esconder. Que asco! Aqueles olhos dele, saltados, brilhando de felicidade quando me veem. E o medo que ele me dá? Muito medo. Raiva também. Até de ele ter o atrevimento de me olhar daquele jeito. Como quem já tá me tocando, todo pegajoso. Me beijando com aqueles beiços gosmentos.

Deus me livre, não!"

Começou naquela noite, na entrada do cinema.

Eu estava esperando o Bob chegar e, de repente, me deu uma sensação... uma vontade de virar para trás.

Eu quis resistir. Lembro isso: resisti.

Mas era como se alguém estivesse com uma das mãos junto da minha cabeça, quase para me agarrar pelos cabelos.

É, eu sabia que tinha alguém atrás de mim, me olhando, a boca seca, a respiração se tornando mais saltada e mais forte.

Alguém querendo que eu virasse a cabeça. Quase me chamando.

Acabei virando.

E me assustei.

Porque aqueles olhos dele se despregaram ainda mais da cabeça. O rosto dele, verde-pálido, ficou vermelho. Um pouco, pelo menos, quando viu meu susto.

— Magda... — disse ele, naquela voz rouca. Esquisita. — Desculpe.

Fiquei sem conseguir dizer nada por um instante. Até que eu falei:

— Como é que você... soube...? — Então me calei. Era loucura perguntar isso. Por que eu devia pensar que o Pascoelo sabia que ia me encontrar ali, naquela hora? Como ele poderia?

Mas, assim mesmo, *eu sabia*. Que ele não estava somente passando pela rua, que não me viu por acaso. Que ele estava ali, que esperou eu chegar, que ficou me espionando, na porta do cinema. Eu sabia.

O rosto dele, desta vez, não me disse coisa nenhuma. Ele murmurou alguma coisa, baixo demais, voz rouca demais. Ou nem parecia voz.

— O quê? — perguntei, me irritando. Então, da segunda vez, eu escutei.

— Ele não vem — disse ele.

— Quem não vem?

— Seu... namorado.

— O Bob? — eu ri. — Claro que vem! Ele ia furar comigo e me deixar...? Por que você está falando isso?

Olhei preocupada em torno, as pessoas já entrando no cinema, e o Bob não aparecia. Pascoelo ficou me encarando fixamente. Daquele jeito. Os olhinhos brilhando. Tirei o celular da bolsa e liguei. Deu caixa postal.

— Vai ver ele já entrou. Eu... me atrasei e ele entrou, está esperando por mim lá dentro.

Pascoelo desviou os olhos para o fundo do salão de espera. Através da vidraça do cinema, dava para ver as portas da sala de projeção. Ainda estavam abertas — e para além delas, lá dentro, tudo escuro.

— Não... — murmurou ele. — Ele não está lá dentro. Ele não vem.

— Como você sabe? — perguntei. E me arrependi no momento seguinte.

Eu tava ali plantada. Abandonada. Já não tinha mais ninguém na entrada do cinema. E eu sabia que o Bob não tava lá dentro, nem estava vindo. Não era a primeira vez. Eu sabia — naquele momento, eu sabia, eu sabia, eu sabia — que ele havia me dado um bolo. Que ele me largara ali. Com aquela coisa olhando pra mim.

— O que você quer, Pascoelo? — disparei, mais irritada ainda. Com ele, com tudo.

— Eu fico aqui com você...

Parei um instante olhando pra ele, depois joguei o celular na bolsa e disse:

— Não precisa. Tchau.

Virei as costas e fui embora. Sentindo o tempo todo aquela coisa fria e pegajosa quase me alcançando a nuca.

Foi assim que começou.

Não. Não foi assim que começou.

Começou dois dias antes, na saída do colégio.

Todo mundo conhece, a brincadeira se chama *bobinho*.

Quer dizer, os garotos acham isso uma brincadeira, o Bob e aqueles amigos dele. Fazem a roda e ficam atirando, de um para o outro, a mochila de alguém. Só que era uma versão diferente, porque vez por outra um dos caras dava uma *enterrada* da mochila num latão de lixo. Feito no basquete.

Cada vez que ela saía do latão, estava mais imunda.

Ah, a mochila era do Pascoelo.

Ele estava nervoso, os olhos estufados, o rosto todo roxo, correndo, tropeçando, tentando alcançar a mochila que voava sobre a cabeça dele.

Quasímodo

Todos os amigos do Bob são altões. Acho que é regra da gangue — menos de 1,80m, não entra. O Pascoelo é baixinho, encurvado, gorducho, dava para ver que ele tava começando a ficar desesperado. Já nem conseguia respirar direito.

No que eu cheguei, achei que ele já ia começar a chorar.

E os garotos se torcendo de rir: passe, drible, ginga, enterrada. Passe, ginga, drible, enterrada. Passe, enterrada. Ginga, drible, enterrada.

— Para, gente! — disse eu, alto. — Que ruindade!

Bob olhou pra mim e travou a mochila. O Pascoelo correu para ele. Bob nem olhou. Esperou até ele chegar quase junto então deu uma cravada — a mochila arremessada direto, à queima-roupa e com toda força, no peito do Pascoelo. O garoto foi pro chão, de costas, absolutamente sem saber o que o tinha atingido. A garotada estourou de tanto rir. Quase que até eu mesma ri.

Daí o Bob e os outros se viraram e largaram ele lá, como se o Pascoelo tivesse deixado de existir. A brincadeira tinha terminado.

Bob e os amigos se despediram, ele veio pra junto de mim, me beijou. Saiu me carregando pela cintura.

E todo esse tempo o Pascoelo no chão, tentando recuperar o fôlego, agarrado à mochila. Fiquei com pena, me voltei, e ele olhou para mim. Foi tão rápido, mas os olhos dele me pegaram. Os olhos dele miúdos, brilhando, agradecidos, felizes — e alguma coisa mais. Já ali senti pela primeira vez o arrepio.

Foi assim que começou.

Naquela noite, eu tive um sonho.

O primeiro sonho.

Vi uma parede pegando fogo. E de repente não era bem isso, eram uns traços, na parede, pegando fogo. Abri mais os olhos e vi que eram letras. A fogo, na parede, estava escrito:

Smaragda
Magda ars
Ars Magda
As artes de Magda

Havia alguém atrás de mim. Alguém quase me tocando a nuca. Eu não queria virar, mas não aguentei, me virei — e acordei berrando, saltando da minha cama, me estabacando de nariz no chão.

Eu sou bonita, mas minha família não tem grana. O Bob é bonito. Melhor, ele é lindo. E os pais dele são cheios da grana. São daqui, mas nem moram mais aqui. Moram em Nova York. O pai dele é executivo de um banco. Desses que mexem e remexem em dinheiro no mundo inteiro. Que vendem e compram dinheiro, usando dinheiro. Mais ou menos assim, foi o que o Bob me explicou.

O Bob fala muito no pai dele.

Cláudio Frollo, é o nome do pai dele. *Mr. Frollo*, é assim que estava na revista que o Bob me mostrou. Tinha a foto do pai dele na capa. Toda em inglês. E Bob me mostrou também o álbum dele, da *high school* americana. Tem a foto dele, o nome: Roberto Frollo ("Mas todo mundo lá me chamava de Bob"). E embaixo está a legenda: "Futuro predador de Wall Street."

Bob traduziu para mim e riu. Ria, gostava de repetir essa frase. Gostava de dizer de si mesmo: "Bob, o Predador."

Além de lindo e rico, ele é um geninho. De matemática. E de *Business*, uma cadeira que ele fez lá nos States, aqui não tem — *Negócios*. Ele terminou o colégio em Nova York. O pai o mandou pra cá para cursar aqui de novo o último ano, para então fazer o vestibular e depois dois anos de faculdade.

— Só para aprender um pouco como são os negócios por aqui. Tem mercado lá para executivos que entendam de finanças na América Latina. Principalmente Brasil. É uma festa investir no mercado financeiro brasileiro. Ninguém lá em Wall Street fala em *negócio da China*. Fala em *negócio à brasileira*. Já diz tudo. Juros altos, liberdade de manobra, grana. Papai quer que eu aprenda, depois volto para fazer *college* de verdade, por lá, MBA, depois... depois...

Eu fico apaixonada quando ele fala assim do futuro. Tão seguro, tão confiante. Ele já sabe o que vai fazer. Sabe que tudo vai ser como ele quer.

Bob Frollo, meu namorado.

Bob e Magda. Parece legal. Parece que encaixa. Que combina. Soa combinando. Magda... e Bob.

— No final do ano, depois do vestibular, a gente vai junto pra Nova York — diz o Bob. — Vou falar com o meu pai. Tudo por conta do velho. Vamos de primeira classe, claro. E Nova York, bem... Lá é que é o mundo, você sabe, não é? Se você se dá bem lá, se dá bem em qualquer lugar. Só depende de você. Nova York! Nova York!

Bob e Magda.
Magda e Bob.

Como poderia o sapo do Pascoelo se meter nessa história?

E, no entanto, na noite seguinte, na noite depois da noite do primeiro sonho, acordei de repente, assustada. Tinha de novo sonhado com alguma coisa ruim, não lembrava o quê. E antes de acordar de vez, uma voz murmurou, bem colada ao meu rosto:

"*Smaragda*."

Senti o cheiro de algo úmido, abafado, lamacento.

Daí berrei.

Abri de vez os olhos e não havia ninguém.

Mas aquele sussurro rouco ainda estava nos meus ouvidos: "*Smaragda.*"

Dali para a frente, todas as noites eu sonhei com ele.

— *Bulliers* — explicou Bob para mim. — Todo colégio lá nos States tem um, ou melhor, uma turminha. E todos adoram eles. São alegres, fortes, autoconfiantes. São uma tradição americana, tipo modo americano de vida, sabia? O ideal de todo garotão é ser um *bullier*, até para não virar esparro. Mas as coisas são como são, tem cara que nasce *bullier*, tem cara que nasce esparro. As garotas mais quentes querem namorar quem? O *bullier*. No time de futebol (o americano, viu?) e no time de basquete... quem é que faz a diferença? O *bullier*. Eles são populares. São vencedores. *Winners*. Meu pai disse até que o ex-presidente dos EUA foi um *bullier*, no colégio. Meu pai leu isso numa revista, que contava um pouco da história do cara. Era ver um fracote botando a cabeça para fora da toca e caía em cima, tirava a pele dele. Que nem nos filmes, sabe? Os *bulliers* são grandões, fortões. O *loser* tá sempre apanhando. Meu pai é fã do cara. Bom de briga, bom de guerra! Um *bullier*, um *winner*. Quer dizer, nos filmes, o *loser* no final até se dá bem, mas... entendeu a dica? No final. Passa o filme inteiro apanhando e levando fora, e só nos últimos cinco minutos do filme tem um consolo. E sabe por que esse final, assim? Porque o filme precisa ter uma fantasiazinha. Precisa dar esperanças aos *losers*. Afinal, os *losers* também pagam ingresso. E a maioria das pessoas, o que é? *Loser!* Quem é que quer ser um *loser*, para se dar bem só no final? Vai fazer a contagem dos pontos, das enterradas, das quedas no ringue. Quem é que quer ser vencedor moral? As líderes de torcida pulam, gritam o nome do *bullier*, mostram as calcinhas... E os *losers* babam de inveja! É assim o mundo, meu pai tem razão. Sai da frente que quem vem atrás tá mordendo! Ah, graças a Deus existem os *losers*! Se não fosse o bando de peixinho miúdo, o que iam comer os tubarões? Assim no mar como na bolsa de valores. Meu pai diz isso também. Diz isso para aqueles caras, dando palestras (eu já assisti umas palestras dele, e ele é aplaudido de pé!), e até nas reuniões, cheias de figurões de Wall Street, todos *big shots*. Ele fala isso, e os caras balançam a cabeça. *Winners* e *losers*. Quem quiser que jogue o jogo, quem não quiser que vá procurar outro mundo. — E Bob riu. — Não é engraçado? Meu pai vive dizendo isso: *Não gosta de como as coisas são? Mas as coisas são como são. Se não gostou, vai procurar outro mundo para viver. Deixa este para mim!...* Meu pai é um vencedor! Um tremendo vencedor!

Eu sabia...
Que ele sempre sabia onde eu estava, no colégio. A gente não estudava na mesma classe, mas eu sabia que, nos intervalos, na entrada e na saída, escondido em algum lugar, ele estava me espionando.

Comecei a ficar nervosa. A perder o apetite. A estremecer por qualquer coisa.

E de noite, sempre escutava ele me chamando. Bem baixinho, a voz rouca, arranhando a garganta como se doesse: *Smaragda*.

É, eu sabia que era assim que ele me chamava.

Só não entendia por quê.

Mas, até aí, eu pensava que estava ficando maluca, e que Pascoelo tinha virado uma dessas figurinhas assustadoras de filmes, com quem eu estava tendo pesadelos.

É, eu achei que eram pesadelos.

Quis fazer uma surpresa para o Bob, mostrar a ele como eu era descolada. Daí, dei entrada sozinha no pedido de passaporte. A gente ia viajar daí a um mês, não ia?

Foi meio enrolado, aquela chateação de ainda ser menor de idade. Demorou. No dia de pegar, fiquei tão agitada que acabei perdendo uma prova — mais uma para compensar depois.

Mas era assim: Magda e Bob, Bob morando em Nova York e Magda com o passaporte na bolsa.

O passaporte ficou mesmo na bolsa. A bolsa que vive aberta. Eu sempre esqueço assim. Daí, era minha culpa se uma ou outra garota do colégio visse o tal passaporte? E se ela perguntasse se eu ia viajar, ia responder o quê? Que não ia? Que tava com passaporte para pagar meia no cinema? Para andar de metrô?

Daí, uma hora eu olhei e cadê o passaporte?

O Bob já tinha me avisado que deixava o dele em casa porque era muito mais complicado tirar segunda via, com a primeira extraviada. Os caras pensam que você tá vendendo passaportes, sei lá. E cadê o meu passaporte?

Fiquei maluca. E nem podia contar pro Bob. Rodei o colégio todo e, quando vi que tinha perdido mesmo, me sentei num canto escondido e, mãos na cabeça, comecei a chorar.

Não dava pra me perdoar. Não dava.

Daí, uma hora levantei a cabeça e ele tava a um metro de mim.

Parado, olhando. Olhando daquele jeito dele.

Dei um berro: "Aiii!" Como nos pesadelos.

— Desculpe — falou ele, rouco e baixo.

E já ia se virar todo encolhido para ir embora. Quando parou de repente. E me olhou. E me olhou...

— O que você quer? — gritei, bem grossa.

Pascoelo gaguejou alguma coisa que eu não entendi. Ele continuava me olhando, como se estivesse lendo meus pensamentos. Era uma coisa pesada, estava me deixando zonza, eu não estava mais aguentando. Ia vomitar...

Então ele fechou os olhos um segundo e eu senti a zonzeira melhorar.

Ainda de olhos fechados, ele disse (com o seu coaxo de sempre, mas dessa vez de um jeito que deu para escutar e entender):

— No banheiro das meninas do terceiro andar. Na pia tem um buraco para jogar papéis usados. Uma lata recolhe o despejo embaixo. Está lá.

— O que está lá? — perguntei, pulando de pé de olhos arregalados. E já ia agarrar o carinha pela gola quando ele deu dois passos para trás.

A bocona dele se rasgou. Ele abriu os olhos. Havia um brilho de felicidade no rosto dele. Sim, eu percebi o que era aquilo: ele estava rindo.

Eu girei, sem nem perguntar mais nada, na ponta dos pés; e disparei para o banheiro do terceiro andar. Eu havia estado naquele banheiro. E agora lembrava que, na hora de pegar a bolsa de cima da pia — depois de me ajeitar no espelho, ela tombou para o lado. Foi rápido, mas eu me lembrei da cena.

Me lembrei, me lembrei, me lembrei...

O passaporte estava lá, na lata que recolhia papéis usados.

Apanhei lá do fundo, do meio daquela maçaroca suja, folheei, nem acreditava que era mesmo o passaporte, beijei, um nojo aquilo, chorei...

E só quando já estava a caminho de casa (Burra, como demorou, idiota...!), me lembrei de novo do Pascoelo.

Então me deu um arrepio.

Como...?

Naquela madrugada, ele apareceu.

Não apenas a voz, mas o Pascoelo. Era a primeira vez que aparecia.

Sorriu para mim aquele sorriso nojento e me fez sinal para acompanhá-lo.

Não sei direito onde a gente estava. Num corredor. Havia máscaras penduradas nas paredes. Máscaras grandes. De homens-sapos, com barbas pontudas, em cone, um barrete na cabeça, argolões pesados nas orelhas. Havia também paredes inteiras riscadas com pequenos traços estranhos, arredondados. Luas e meias-luas. Ou melhor, não eram riscos, os traços estavam gravados na parede em baixo-relevo.

E o corredor não terminava nunca.

Vez por outra Pascoelo parava e sorria para mim.

E a gente ia descendo, descendo — pelo menos era essa a sensação, de um corredor em descida.

Aí, numa hora, ele parou, me olhou, abaixou a cabeça como se estivesse sem jeito, e disse:

— Eu não posso contar para você, *Smaragda*! É só o que eu tenho. Meu tesouro, meu... segredo! Nunca contei a ninguém. Não posso!

Ele repetiu aquilo algumas vezes.

E depois retomamos a descida, pelo corredor.

Numa hora eu parei, na rua, na entrada do colégio, e me virei. Sabia que ele ia estar lá. E estava. Parado, olhando para mim. Eu me encaminhei para ele.

Senti a agitação no peito dele — a respiração enlouqueceu e era como se eu visse o coração dele saltar mais depressa. Eu sentia o que ele estava sentindo (mais tarde, ia entender que ele é que me transmitia o que sentia). Era medo e alegria ao mesmo tempo.

Por minha causa.

Já eu, não sei o que senti, com isso. Vontade de interromper aquela aproximação, virar as costas e me afastar dali sem sequer falar com ele. Algo assim.

Mas cheguei junto dele e disse... (Ora, o que mais eu poderia dizer?)

— ...Obrigada.

Ele sorriu, balançou a cabeça. Mas não disse nada.

— Pascoelo... — falei, sem saber muito por quê.

— Quer dizer... O primeiro domingo depois da Páscoa.

— Como? O quê...?

— Meu nome... Também chamam esse domingo de Oitavo Dia da Páscoa. Ou domingo de São Tomás. Foi quando eu nasci, num domingo de Pascoela. Daí, meus pais poderiam ter me dado o nome de Otávio. Ou de Tomás.

Eu não sabia por que ele estava me dizendo aquilo.

— Mas... — e ele riu, meio triste — também podiam ter me chamado de Quasímodo. Aí ia ser um desastre, não ia?

— Quasímodo...? — me escutei perguntando.

— Quer dizer a mesma coisa. O oitavo dia depois da Páscoa. Mas também é o nome do... Corcunda de Notre-Dame. Conhece a história?

Fiz que sim com a cabeça. Conhecia mais ou menos... E de novo me escutei falando:

— E o meu nome, quer dizer o quê?

Ele sorriu. Não imagino por que pensei que ele poderia responder a uma coisa dessas. Ia dizer alguma coisa, mas de repente se calou, seu rosto se contraiu, como se estivesse sentindo alguma dor.

— O quê...? — ia perguntando.

O olhar dele se desviou para a esquina. E fixamente, como se alguma coisa fosse aparecer por ali.

— Não tem de quê — disse ele.

— Mas...

— Tchau.

Daí, ele virou as costas e se apressou, naquele passo dele meio chapado no chão, a se afastar. Mal tinha saído de vista e a moto do Bob virou a esquina.

— Você tá doida! — debochou Bob.
— Juro!
Contei a história do passaporte de novo.
Foi só aí que contei a ele que já havia tirado o passaporte. Para nossa viagem.
E, além de não acreditar em mim na história do Pascoelo, alguma coisa na reação dele me incomodou. Eu não soube o que era, na hora.
— Pirou mesmo! — repetiu. — Daí, o quê? Tá achando que aquele monstrinho tem... poderes?
— Que ele faz coisas.
— Que coisas?
Eu ainda não tinha falado dos pesadelos. E não tive coragem de falar.
— Escuta... ele é só um... perdedor. Um... sei lá o quê. Escuta, minha namorada não vai ser vista conversando com aquela coisa, vai?
"Minha namorada", adorei ele dizer isso. Fiquei até mais aliviada — a gente andava desencontrado ultimamente —, daí a sensação ruim passou um pouco... Eu disse:
— Não... prometo. Você já falou com o seu pai? Sobre a viagem.
— Amanhã à noite. Sem falta. É domingo, ele vai estar em casa. Ou posso ligar para o celular dele agora mesmo, se você está ansiosa...
— Não, nada ansiosa. Zero ansiosa. Se ligar assim, pode interromper seu pai numa reunião...

— É... pode.
— Vou precisar comprar umas roupas, né? Está inverno lá.
— Mas... E o dinheiro? Você quer que eu...?
— Não. Eu arrumo. Deixa!

"Arrumar dinheiro, como? Lá em casa?"
Meu pai faz traduções, pagam a ele uma miséria que nem dá até o final do mês. Minha mãe tá desempregada faz um ano — trabalhava em uma gravadora que foi à falência por conta da pirataria de CDs e dos iPods. Se eu não tivesse bolsa naquele colégio, não ia poder estudar lá.
E daí, eu me torturava:
"Casaco de inverno, botas, pulôveres?
Ai, meu Deus. Como?
E como é que vou confessar pro Bob que eu não tenho grana nem para comprar a roupa para a viagem?"
Eu ficava fazendo conta, conta, conta...
Conta pra quê, quando a gente não tem o que contar?

Naquela madrugada, Pascoelo veio me pegar de novo. E começamos a descer o corredor, com suas máscaras e gravações na parede.
De repente, eu parei e comecei a chorar.
Ele se virou para mim e sussurrou:
— Smaragda... posso lhe dar o que você deseja. Mas isso não vai fazer acontecer o que você quer que aconteça...
E então eu perguntei:
— Por que você não aparece bonito nos sonhos?
— Por que não é o seu sonho. É o meu.
Fiquei olhando para ele, e então Pascoelo cravou a mão no peito e puxou, como se fosse tirar algo lá de dentro, e realmente tirou.

Apareceu um pequeno sapo de bronze em sua mão. Ele o exibiu para mim, e o sapo começou a brilhar.

Então, ele virou o sapo de barriga para cima, e era horrendo. O sapo tinha seios. E uma... fenda, como se fosse uma mulher.

Pascoelo falou:

— Esta é Nammu, filha de Oannes. E Oannes foi o homem-voador-anfíbio, um deus, que trouxe das estrelas a inteligência para os homens. Seis, sete mil anos atrás, na Suméria. Ou há dez mil anos, ou quem sabe quantos...? Foi num dia, ao nascer do sol, que os céus se convulsionaram e a terra tremeu. O Mar de Oman ferveu e se tornou vermelho. Havia meteoros riscando o espaço, produzindo um colossal chiado. E foi então que Oannes saiu do mar. Os seres humanos e animais, já apavorados, corriam de um lado para o outro. Mas Oannes lhes disse que não se preocupassem, que não era o fim do mundo, mas o começo da humanidade. Foi lá que tudo começou. A construção das cidades. A escrita. A agricultura. A magia e a ciência. Todas as artes. A consciência da nossa espécie de ser diferente, de não ser natureza, de sermos... humanos. E a amorosa Nammu foi sempre a mensageira de Oannes. Aquela que ficou entre nós quando seu criador retornou às estrelas. É assim a história! Esta é a mãe das lendas. A mais antiga de todas as lendas.

Então, ele revirou de novo o sapo de bronze na palma de sua mão. O bicho agora brilhava num tom esverdeado, como se tivesse engolido uma lâmpada, mas uma lâmpada de luz estranha, que não era luz normal, era como o luar, só que verde, feito limo, lodo... Eu senti cheiro de lodo. E de lagoa. Então o bicho abriu a boca.

Da boca de Nammu começaram a sair borboletas, que me envolveram como se fossem uma nuvem. Borboletas de vários tamanhos e cores.

— *Smaragda...* — murmurou Pascoelo.

E eu estava ainda mergulhada naquelas borboletas, quando acordei.

Daí...

Bem, estava saindo correndo para o colégio, atrasada como sempre, quando o porteiro me parou:

— Dona Magda... seu braço está... É tinta? Andou se riscando?

Eu olhei...

Parecia pó. Pó de asa de borboleta...?

— É um número... — viu o porteiro. — Esquisito. Não tinha visto?

Eu nem quis olhar. Esfreguei a mão no braço, como se aquilo estivesse me dando aflição — e estava. Saí para a rua mais apressada ainda.

Aí...

Cheguei de noite na portaria. O porteiro, com um sorriso que nem cabia no rosto, me parou. Gago, sem conseguir falar de tão emocionado, me passou uma maçaroca de dinheiro.

— Tem de ser assim, dona Magda. Tudo direito, honesto.

Olhei para aquilo... Já ia largando as cédulas — o que aquele cara estava querendo comigo?

— Metade seu... 1.315...

— Hein?

— O milhar estava escrito no seu braço. A senhora é que trouxe a sorte para junto de mim. Daí, fiquei escutando uma voz: "Joga, Gero! Joga!" Logo eu, que não sou disso. Mas não deu pra resistir à tal voz. Daí, Gero foi lá e jogou. Botei toda a minha quinzena, era aviso, só podia ser. Sinal... A sorte anda por aí piscando pra gente. Quem quiser pisca de volta... Se eu tivesse perdido, dona Magda, como ia ser? Como ia comprar comida pra família? Ufa! Mas deu. Borboleta. Na cabeça. Metade é seu. É assim que é direito.

Ele se afastou, agradecendo. Eu olhava para minha mão, para aquele maço de dinheiro. Aquelas notas de cem. Aquelas tantas e tantas notas de cem. E de repente não estava mais vendo dinheiro nenhum. Estava vendo um casaco de inverno, botas, pulôveres, dinheiro para gastar por lá...

— Você tem de me contar!
— Contar o quê? — Pascoelo se esquivou de mim, fugindo como se eu fosse engoli-lo.
— Não me diz que eu tô louca. Que eu tô sonhando com você e você não tem nada com isso. Não me diz isso, que eu não vou acreditar, quer dizer... Vou, sim, vou pensar que tô ficando louca. Isso é loucura, não é? Você não tá entrando nos meus sonhos, tá?
— Não... — coaxou Pascoelo. E soltou um risinho.
— Tá rindo do quê...?
— Nada...
— Eu mando o Bob apertar você. Pra ele você diz tudo.
— Seu namorado não acredita em você.
Eu brequei. Como se tivesse levado um tropeção.
— Você não tá entrando nos meus sonhos?... Escuta... — Respirei fundo, nervosa. — Sei que isso é uma loucura, mas você está... Não está?
— Eu não estou entrando nos seus sonhos. — E ele riu de novo.
E eu lembrei o que ele tinha dito, antes de abrir a boca do sapo.
— Então, está me trazendo para o seu sonho? É isso? — Pascoelo abaixou a cabeça, evitando me olhar. Eu insisti: — Que sapo... era aquele? De bronze. Na sua mão. Com seios e...
— Não, não posso!
— Não pode o quê? Me contar? Você me disse que era um segredo seu...
Pascoelo balançava a cabeça como uma criancinha teimosa. Eu parei, pensei...
— Então, diz uma coisa... Uma palavra... Só isso e deixo você em paz. Se você disser uma palavra... Um nome...

Ele me interrompeu erguendo a vista, me espiando de lado, com medo, com um brilhozinho nos olhos que me amedrontava e prendia ao mesmo tempo. Eu sabia que ele podia adivinhar o que eu queria dele. Então, ele falou:
— ...*Smaragda*.
Acho que na hora senti uma vertigem. Tudo escureceu por metade da metade de um segundo. E, quando eu me recobrei, Pascoelo havia escapado e já ia entrando no colégio.

"Pascoelo... ele é tão feio que parece um sapo. Antes, ficava meio culpada de pensar isso, mas agora não. Ele é um sapo. Um sapo. Quando olha para mim, me dá um arrepio. Me dá um apertão na barriga. Uma vontade de me encolher, de me esconder. Que asco! Aqueles olhos dele, saltados, brilhando de felicidade quando me veem. E o medo que ele me dá? Muito medo. Raiva também. Até de ele ter o atrevimento de me olhar daquele jeito. Como quem já tá me tocando, todo pegajoso. Me beijando com aqueles beiços gosmentos.
Deus me livre, não!"
Quando eu escrevi isso?
Foi quando tudo começou a ficar mais e mais confuso.
Foi depois de eu mostrar o dinheiro pro Bob.
— Como você conseguiu toda essa grana?
— Já contei a você. Mas você não acredita.
— Você pirou? Essa sua história de borboletas...
— Olha aqui! — disse eu, tão zangada que joguei todas aquelas notas em cima do Bob. Tinha umas cem delas, ou mais. Sei lá.
— Isto é dinheiro. Dinheiro de verdade! Pega, cheira... conta! Vê se assim você acredita. Em grana você confia, né?
A gente ficou um instante sem se mexer, só respirando pesado. Eu, espantada com a minha reação. O Bob, mais ainda. Então, ele começou a recolher as cédulas, a juntá-las, e de repente sorriu...

— Tá... Vamos dizer que esse mosntrinho tenha um jeito mesmo de fazer as coisas que você está achando que ele faz. Mas e daí? Sabe o que isso pode interessar? Somente uma coisa... Que lucro você vai tirar disso? Ou melhor... Como? — E então me olhou, meio debochado, me desafiando, meio querendo mesmo escutar o que eu ia dizer. — O tal poder é dele, não seu. O que você vai fazer a respeito disso?

Eu não sabia o que responder. Não queria admitir pro Bob.

Não queria admitir que não sabia responder à sua pergunta.

E fiquei com medo — é, de o Bob achar que eu não estava à altura dele, foi isso, confesso e dane-se!

E fiquei doida também.

Foi aí, sim, que a complicação começou.

— Meu pai... — disse Pascoelo — ...é arqueólogo. Ele está... em algum lugar na Turquia, agora. Não sei onde. Minha mãe também é arqueóloga. Ela está na França... Numa universidade em Paris. Eles nunca se encontram...

— Eles são... separados? — perguntei.

— Não... Sim...

— Sim ou não?

Ele me olhou com tristeza. Era doído dizer o que ele ia dizer...

— Não se divorciaram. Parece que querem manter essa ligação.

— Mas você disse que eles nunca se encontram.

— É isso mesmo. Porque... Para meu pai e minha mãe, se verem juntos é lembrar o que eles são juntos... o que fizeram juntos...

Eu levei minha mão à boca, tapei-a, chocada. Porque percebi, e só então percebi (Insensível! Egoísta!) do que... de quem ele estava falando. E não pude evitar de olhar para ele, de percorrer, rapidamente, com os olhos, esta criatura que estava vendo na minha frente.

Esta criatura triste. Feia. Infeliz.

Pascoelo era um sapo. Mais do que isso, um sapo de peito, braços e dedos peludos — negros pelos crespos, aflitivos. Era gordinho e encurvado. Seus olhos eram negros, mas manchados. Eram de um negro como fuligem. Sua voz, aquela coisa rouca e arranhada. A pele dele parecia fria e pegajosa.

— A gente conversa por e-mails — disse ele...

Respirei fundo. Já estávamos ali conversando — era uma lanchonete mais para o Centro — havia meia hora. Eu já não aguentava mais. Na saída do colégio, tomei um ônibus e depois o metrô. Saltei, saí da estação, entrei numa livraria, saí e, quando virei de repente, consegui encenar surpresa ao dar com Pascoelo bem na minha cola. A poucos metros de mim. Dera certo! De jeito nenhum eu iria ser vista junto dele perto do colégio. Mas ali, a essa hora, de tardinha, não tinha perigo de nenhum amigo nem conhecido flagrar a gente.

Mas já tinha dado corda demais a ele. Já conhecia um tanto da vida, as histórias de seus ataques de asma, de alergia, tudo, acho... Estava na hora de ir direto ao ponto:

— Seus pais sabem?

— Do quê? — perguntou ele, assustado.

— Que você faz... essas coisas. Seus poderes?

Pascoelo me olhou, aterrorizado. Fez menção de se levantar da mesa, de fugir. Eu o segurei.

— Eu sou sua amiga. Você pode confiar em mim.

Ele se sentou de novo, mas ainda assustado. Ficou balançando a cabeça, olhando para a ponta dos pés. Eu é que me chateava, então, como se fosse embora. Ele me deteve, aflito. Ou melhor, roçou rápido a ponta dos dedos no meu braço, quase pedindo desculpas por me tocar, e quis confirmar, como se não conseguisse acreditar:

— Você é minha amiga?

— Sou. E você é meu amigo também, não é? Você me ajudou... O dinheiro!

— Não sei nada disso — replicou ele, ligeiro. Ligeiro demais.

— Eu sei que você tem um segredo... — disse eu. — Você me contou... Lembra?

Pascoelo ficou calado alguns instantes, me olhando, pensando, antes de replicar:

— E se eu tiver? Para que você quer saber qual é?

— Porque sou sua amiga — disse eu. — A não ser... que você não confie em mim... que você... não seja meu amigo. Mas eu pensei... Ora, tá bem. Não precisa me contar. Não precisa me contar coisa nenhuma, tá?

Ele continuava me fitando. A princípio, com medo. Depois com aquele olhar, me querendo. Que me assustava. Que me dava nojo. Que me irritava.

— Você é a garota mais bonita do colégio. A mais bonita que eu já conheci — disse ele.

E, dessa vez, ele me espantou. Sua meiguice. A facilidade com que se entregava... Quase me deu pena. Mas, eu me controlei, me segurei.

— Obrigada... (Eu devia dizer alguma coisa sobre ele, não devia? Nessa hora? Em retribuição? Alguma coisa gentil?)... Obrigada.

— Agora, eu tenho de ir — disse ele. E se levantou.

— Mas... — Eu não estava acreditando que ele ia fugir assim sem nem vacilar. Depois de todo o meu esforço...

— Até mais tarde — disse ele, e sorriu.

Custei a entender...

E quando entendi, me deu de novo aquela sensação de ameaça.

Aquele arrepio.

À noite, eu descia sozinha pelo corredor de máscaras. Não precisava mais do Pascoelo para me guiar, nem para me dar coragem.

Ou, por outra, evitava olhar aqueles rostos-sapos das máscaras e seguia adiante. Não havia como errar o caminho. O corredor ia, ia e ia...

Depois de um tempo, em que me sentia sendo espionada, seguida, cheguei a uma passagem aberta, em forma de arco. Era um cenário novo, naquele sonho. Parei um instante.

Mas quando ia atravessar, Pascoelo apareceu na minha frente.

Sem nenhuma hesitação, o que era estranho nele, quando falou comigo, mas também sem raiva, quase doce, ele me olhou e disse:

— Mudei de ideia. Não posso contar meu segredo a você.

— Por quê...? — balbuciei.

Ele balançou a cabeça algumas vezes, depois disse:

— É melhor você não atravessar este arco. Não vou mais trazer você aqui. Volte agora, Smaragda.

— E por que você me chama assim?

Ele apontou a parede e logo o fogo brotou, em traços:

Smaragda

Magda ars

Ars Magda

— Esse é seu nome, aqui. Neste domínio. Neste reino. *Smaragda... Esmeralda!*

— Esmeralda?

— Adeus... — murmurou ele, e foi recuando de costas, até ser engolido pela escuridão, o *nada* que havia depois daquele arco de pedra.

Acordei me debatendo.

— Deixa eu ver... — pedi.

Estávamos na mesma lanchonete no Centro. Praticamente na mesma mesa.

Eu havia passado o dia inteiro, no colégio, virando a cara para Pascoelo. Ignorando-o. Ele dera um jeito de aparecer em cada intervalo, adivinhando, como sempre, onde eu estava. Foi na entrada, na lanchonete, eu pedindo um pão de queijo e suco — e lá, uns metros atrás, estava ele quase me espetando as costas com aqueles olhos esbugalhados dele — e na saída também, é claro.

Tomei o metrô para o Centro. Não podia vê-lo, mas sabia que ele não me perdia de vista. Eu... sentia. E, no que saí da estação e avancei uns passos na calçada, me voltei e lá estava ele. Olhando para mim, implorando. Eu sorri e fiz um sinal com o dedo para ele me seguir. Daí, me virei de novo e fui indo, na frente.

Assim mesmo, fazendo ele de cachorrinho.

E, quando a gente se sentou, pedi direto. Ou melhor, foi uma ordem:

— Deixa eu ver agora.

Ele ficou me fitando por um instante, com aquele ar dele de quem leva chute todo dia. De pura tristeza. Não tinha nenhum sentido ele me perguntar o que eu estava pedindo, ou como eu sabia. Ele sabia que eu sabia.

Pascoelo abriu um zíper da mochila e tirou de lá o sapo de bronze.

Ou melhor, a sapa.

Nammu.

Ele falou:

— Meu pai estava no Iraque, fazendo escavações, quando começou a Guerra do Golfo, em 1991. Foi o ano em que eu nasci. Daí, teve de sair de lá e veio para cá, encontrar minha mãe. Ela, ele e eu. Juntos.

Pascoelo interrompeu-se e soltou algumas fungadas. Devia ser a alergia. Ou talvez a asma. Eu olhava para aquele sapo de bronze, como se ele fosse abrir de novo a boca a qualquer momento. E o que poderia sair de lá, agora?

— Ficou tudo assim alguns anos — prosseguiu ele. — Quatro, cinco anos. Depois meu pai foi embora. Eu... adorava ele. Juro! — E quando Pascoelo olhou para mim, senti que ele estava suplicando que eu acreditasse que alguém, mesmo tão feio quanto ele, era capaz de adorar seu pai, e muito apaixonadamente. — Eu lembro de tudo, do dia em que ele se despediu de mim, eu me pendurei no pescoço dele e pedi: "Não vai, papai. Não vai!" Eu sabia... que ele não ia voltar.

Outras fungadas. A minha boca estava seca, e minha impaciência crescia.

— Esse é o seu segredo? Como...?

Pascoelo me interrompeu:

— Ele me deu Nammu. Naquele dia. É o único presente que eu tenho dele. A única coisa que me faz acreditar que ele algum dia pensou em mim. Minha mãe... — Ele fez uma pausa. Os olhos dele eram sempre meio aguados, daí eu não tinha certeza se ele estava mesmo chorando, ou algo assim. E eu não estava olhando para os olhos dele. Só olhava para Nammu. "Nammu me enfeitiçou", sim, eu pensei isso um tempo... — Minha mãe, pouco tempo depois, foi embora também. De noite, nem me acordou para se despedir. Os empregados da casa me criaram. Recebo e-mails de vez em quando. Tudo o que me sobrou foi Nammu.

Então, olhei para ele.

Sei que ele ali adivinhou o que eu estava pensando em fazer.

— Mas como acontece? Aquelas coisas que você faz...? — perguntei.

— Eu não sei como.

— Você está me enrolando.

— Não, não... — Ele se amedrontou, como se eu fosse me levantar e o deixar ali. Então, respirou fundo. Senti que havia se decidido. — Olhe!

Nammu estava na palma da mão esquerda, que ele cobria agora com a direita, fazendo uma concha para ela. Daí, fechou os olhos por um instante e franziu a testa, se concentrando. E eu vi... Espiei para um lado e outro, mas ninguém mais reparava em nós. E se reparasse, ia pensar o quê? Que era um brinquedo qualquer, coisa de camelô, mas eu vi... Vi aquele brilho esverdeado escapar por entre os dedos dele. E a seguir escutei, junto dos meus ouvidos, quase beijando minha orelha, um sussurro: "Smaragda." Os lábios dele não se abriram em nenhum momento. Eu fiquei olhando, vigiando, mas os lábios dele não se mexeram. E, no entanto, o sussurro se repetiu: "Smaragda." A seguir, escutei um zumbido dentro da minha cabeça e me vi, por um instante muito, muito breve, uma piscadela quase, sugada por uma espiral, que me ergueu lá em cima e me devolveu para dentro de mim mesma. Então, arregalei os olhos, assustada, para ver se ainda estava na lanchonete, na mesa, sentada frente a frente com Pascoelo.

E estava. Mas a sensação foi tão forte, era impossível dizer que fora... Ora, mas o que mais poderia ter sido? Só podia ter sido ele. E Nammu.

Pascoelo abriu os olhos devagar e retomou a respiração, como se voltasse de um transe. O brilho entre seus dedos se apagou, ele ergueu uma das mãos, desfez a concha e lá estava Nammu, inerte, de bronze, outra vez.

— Vire ela... — ordenei com uma voz abafada, quase sem fôlego.

Pascoelo virou-a, e era igual à que eu vira no sonho. Ela tinha seios e uma vagina entreaberta. Ele disse:

— Este é o meu segredo... É seu também, agora. Nem sei se meu pai sabia o que estava me dando. Acho que não. Ele não tinha lembrado de me comprar um brinquedo, daí era o que tinha, me deu Nammu. Acho que é alguma coisa muito, muito antiga. Lá do Iraque. Terra das Mil e Uma Noites, sabe? Do começo da inteligência humana. Depois, eu pesquisei e descobri que era uma representação de Nammu, a deusa-mãe. É a única coisa preciosa que tenho, meu segredo. Até hoje, nunca contei isso a ninguém, nem a meu pai nem... a ninguém. Só a você. Só a você, Smaragda.

Eu ainda não sabia por que ele me chamava assim.

— Vamos supor que essa sua história seja para valer...

— Você não acredita? Bob... Eu juro.

— Claro que eu não acredito. E não acredito também que você acredite, mas... OK! Tudo bem! Vou entrar no jogo. Vamos só por um momento supor que seja *a coisa verdadeira*... Poderes mágicos!

— Você está debochando de mim... — reclamei. E não era charme. Estava ferida. Me sentindo humilhada por ele não acreditar em mim. Claro que era uma história difícil de acreditar. Mas ele não era meu namorado? Não me amava? Então, mesmo que fosse a história mais difícil de engolir do mundo, tinha de acreditar. Porque era eu que estava contando.

E tinha contado para ele pedindo ajuda, apoio. Não sabia mais o que fazer, daí queria conversar com meu namorado, escutar o que ele achava, até porque não era possível que ele não soubesse por que eu estava fazendo isso. Não era possível que eu precisasse dizer a ele. Não era possível que ele não se tocasse...

Quer dizer, era claro que ele sabia o que eu estava querendo fazer. E por que estava querendo fazer isso. Mesmo que eu não tivesse ainda coragem suficiente para fazer. E tanto o Bob sabia que disse:

— O que importa mesmo, o que nada dessa história muda, é que ele é um perdedor. Um *loser*.

— O que tem isso a ver?

— Tudo. *Losers* são para perder tudo o que tem. *That's how it's supposed to be.* Se esse amuleto é o tesouro dele, então ele vai perder a tal coisa. Para alguém. É o destino dele. A questão é quem vai tomar dele. Quem é o *winner* nessa história... — Bob sorriu, orgulhoso de repente. — É assim que meu pai ia equacionar o problema, sabe? Já vi ele fazendo isso. Ele é genial para simplificar os problemas, para deixar tudo *straight*... claro, sem complicação, entendeu? A questão então é saber quem é o sujeito que vai enxergar a oportunidade e aproveitá-la. Quem vai fazer... *what it takes*... o que é preciso fazer. É aí que as pessoas se definem. Quem vai fazer o que tem de fazer para vencer a parada. Quem é vencedor, quem não é. O monstrinho é um perdedor que tem um tesouro. Vamos supor que seja tudo verdade, *allright*! Tudo *for real*. Na verdade, ele não tem tesouro nenhum, porque perdedores não têm nada. É o que meu pai diz para os diretores subordinados a ele. Perdedores não têm nada. Perdedores são presas, vencedores são predadores. O monstrinho *está* com o tesouro. E vai perdê-lo. Quem vai ficar com o tesouro? O tesouro... o *prize*... é do vencedor que enxergar a oportunidade, que fizer o que é necessário para se aproveitar da situação e depois sair com o prêmio. Lucro realizado. Que nem na bolsa. Mas... tudo suposição, certo?

Bob olhou para mim.

Meu rosto ficou vermelho.

Eu murmurei:

— Não sei se entendi, Bob... Não sei mesmo.

Ele riu. Eu perguntei:

— Já falou com seu pai? Sobre a nossa viagem.

— Não deu nesse final de semana. Mas sábado eu falo. Sem falta.

Eu ainda estava com o dinheiro no meu armário, não tinha comprado nenhuma roupa para a viagem.

Eu estava entrando pela garagem do meu prédio. Costumava fazer isso e entrar pela porta dos fundos, para minha mãe não acordar.

Quasímodo

Era tarde. Bob havia acabado de me deixar. A garagem era escura. Havia um cheiro de umidade que me incomodava, como se eu estivesse atravessando um brejo. E não dava para enxergar os cantos. Tinha a sensação de que me espiavam dos cantos. Pensei que fossem ratos.

De repente, o alarme de um carro disparou. Uma sirene horrível. Piados, barulhos acusadores, gritantes. Levei um susto que quase saí correndo.

Ou melhor, saí correndo, mas junto de mim disparou o alarme de outro carro, e mais outro, outro.

Era uma garagem enorme. Sei lá quantos carros tinha. A maioria não era de moradores daquele prédio fuleiro — os moradores alugavam as vagas. Daí era só carro grande, com alarmes possantes, para sacudir um quarteirão inteiro. E agora todos tocavam, berravam contra mim.

Eu me ajoelhei, em pânico. Paralisada. Tapei os ouvidos, fechei os olhos, cravei o queixo no peito, tentando me esconder. Aterrorizada. Não via ninguém por perto. Ninguém vinha me socorrer. Aqueles alarmes estavam me esmagando.

E de repente eu percebi. Quer dizer, no meio daquela coisa, que parecia querer me matar, eu tive a sensação muito clara: aquele arrepio.

— Pascoelo — murmurei.

No mesmo instante, os alarmes silenciaram.

E segundos depois escutei passos chegando, gritando:

— Dona Magda! — Era o vigia.

Ele tentava me ajudar a levantar. Eu ainda estava apavorada, me debatia, não queria ninguém me tocando. Não queria!

— O portão emperrou — explicou o velho. — Por favor, dona Magda, calma. Nunca vi isso. O portão elétrico, sabe? Revisaram nem faz um mês, e emperrou. E todos aqueles alarmes juntos. Que coisa, dona Magda. E pararam juntos também. Nunca vi, nunca vi...

Finalmente, ele conseguiu me levantar.

— Tá melhor agora?

— Você viu — balbuciei — alguém entrando? Atrás de mim?

— Deus me livre, dona Magda. Eu ia deixar isso? Ninguém entrou. Levei um sustão lá fora, quando os alarmes tocaram. Devem ter acordado o prédio inteiro. Daí, tentei entrar na garagem, mas o portão...

— Já sei. Emperrou.

— Assombração! — exclamou ele.

— Como...?

Ele riu:

— Se fosse lá no buraco onde eu nasci, iam dizer que era assombração.

— No buraco onde você nasceu não tem portão elétrico. Nem esses carrões aqui da garagem.

— Não tem mesmo, não, senhora... — respondeu ele em voz murmurada e baixa, desviando o olhar. É que eu não estava com humor para piadas. — A senhora ainda tá tremendo.

Era verdade. Minhas pernas tremiam. Meus lábios tremiam. Eu tremia toda. Ele ofereceu:

— Quer que eu acompanhe a senhora até em casa?

Passei os olhos pela garagem. Aquela enorme garagem úmida, com seus muitos cantos escuros.

— Só até o elevador, por favor.

Naquela noite, não sonhei com Pascoelo.

Aliás, por algumas noites, ele não voltou, nem eu tive sonhos — sonho nenhum.

Era como se ele soubesse o que eu estava pensando em fazer, como se não quisesse aparecer para mim.

***

Não é verdade.

Eu não estava *pensando* em fazer.

Já havia decidido fazer.

E apesar do medo, apesar de achar que era claro que Pascoelo ia adivinhar, ia ler meus pensamentos, ou sei lá o quê, ou então voltaria em meus sonhos para se vingar, apesar disso tudo, roubar Nammu de sua mochila foi a coisa mais fácil do mundo. Deu até para sentir vergonha.

A gente estava lá naquela lanchonete, daí uma hora em que ele foi ao banheiro não levou a mochila. Ele ia muito ao banheiro. Às vezes levava a mochila, às vezes não. Mas, daquela vez, logo a primeira vez em que foi ao banheiro naquela tarde, não levou. Mal ele sumiu de vista, saltei da minha cadeira, abri a mochila dele, peguei Nammu e saí da lanchonete. Não levou nem dois minutos e eu estava num táxi, indo para casa. Não conseguia largar Nammu da minha mão. E também não conseguia parar de pensar em Pascoelo, no desespero dele quando voltasse e descobrisse o que eu tinha feito.

— Bob, olá. Onde você está? Quero mostrar uma coisa a você. Uma coisa...

— Você ia ver o monstrinho hoje, não ia? É o que estou pensando que é?

Bob estava no clube dele, mas pediu para eu ir para a casa dele, encontrar ele lá.

Ficamos trancados duas horas no quarto dele, tentando fazer aquela coisa funcionar.

— Não adianta — grunhiu o Bob, jogando a sapa para o lado na cama.

Fiquei desesperada, agarrei o pescoço dele:

— Bob... eu juro! Eu juro!

— Ora, você não acha que eu estava acreditando em nada disso, não é?

— Eu juro... — repeti, segurando a vontade de chorar.

— Eu só queria... Bem, sei lá o que eu queria. Mas não funciona, está vendo? É um blefe!

— Não é.

Bob soltou um suspiro de nítida impaciência. A gente ficou um tempo lá ainda, no quarto dele, mas Bob não estava nem prestando atenção em mim. Então, uma hora, me levantei, aborrecida, e me despedi:

— Quer saber? Tchau.

Ele nem se levantou da cama, não se ofereceu de me levar até a porta, deu um aceno, disse qualquer coisa, que poderia ser tanto um *tchau* quanto *hum-hum*. Só quando eu estava no elevador foi que lembrei que havia deixado a sapa lá no quarto dele. E também, aí, não dava para voltar, ou ele ia pensar que era desculpa, qualquer cretinice dessas. Depois, achei que ele na certa ia levar Nammu no dia seguinte e devolver pra mim, no colégio.

Bob não apareceu no colégio na manhã seguinte.

Nem Pascoelo — ainda bem, porque só quando eu estava entrando no elevador do meu prédio me dei conta de que não sabia o que ia dizer pra ele. Mas Pascoelo não cruzou comigo em momento nenhum. Claro que ele sabia que eu é que roubara Nammu.

Quando cheguei em casa, meu celular tocou. Pensei que era o Bob, mas não era, era um homem estranho.

— Quando você viu Bob pela última vez? — perguntou o cara.

— Quem está falando?

— As coisas vão andar mais fáceis se você aceitar que quem faz as perguntas aqui sou eu — rosnou a voz, com um forte sotaque que eu não consegui identificar.

Então alguém disse alguma coisa, lá no fundo, uma voz abafada, parecendo que estava chamando a atenção do tal cara, ou pelo menos pedindo o telefone. Pedindo não, exigindo. Outra voz veio falar comigo:

— Magda? Meu nome é Claude Frollo. Eu sou...
— O pai do Bob?
— Isso mesmo. Vocês são amigos, não são? — Eu engasguei, não soube o que responder. — E você o viu ontem lá em casa. Preciso da sua ajuda, Magda.
— O que houve?
— Acreditamos que Bob foi sequestrado hoje, a caminho do colégio. E talvez você saiba de alguma coisa que... Magda! Garota, o quê...?

Ele deve ter escutado eu gemer, ou talvez tenha sido o barulho de eu desabar no chão, desmaiada.

Eu não sabia de nada que pudesse ajudar o pai do Bob, nem aquele capanga esquisito dele.

Apareceu um repórter lá no colégio, fazendo perguntas, mas nada foi publicado nos jornais.

Por três dias, eu não tive notícia nenhuma. Tentei telefonar para o apartamento onde Bob morava, e quem atendeu — reconheci a voz, era um empregado, uma espécie de mordomo — disse que tinha ordens para não comentar nada sobre o "jovem Frollo".

— Mas eu sou namorada dele! — protestei.

Houve um silêncio do outro lado, por alguns segundos, então o empregado disse:

— Minhas ordens são essas, senhorita.

— Ele tá pegando o avião hoje à noite — escutei o garotão dizer, no que passou por mim, no corredor do colégio, indo pro ginásio.

Ele e o amigo conversavam em voz alta.

— Tá se mandando?

— Disse pra mim que, depois desse tranco, o pai finalmente concordou que não tinha nada a ver essa de ficar penando por aqui.

— Ele sempre quis voltar pra Nova York! Sempre disse que nada ia prender ele aqui.

— *Iaahp!* — replicou o amigo. E mudaram de assunto, seguindo em frente.

Naquela tarde, fui bater no apartamento do Bob. Ou melhor, não consegui passar da portaria, pois não recebi autorização para subir.

— Mas eu sou...

— Ninguém sobe! — disse o porteiro, me interrompendo. E atrás dele, um grandalhão todo vestido de preto e de óculos escuros voltou-se para mim.

— Então, ele voltou? Soltaram ele?

— É melhor você ir embora, garota — disse o cara de óculos.

Peguei um táxi para casa. Mal tinha grana para chegar até o final de semana, que era quando recebia minha semanada, e aquele táxi foi um abuso, mas, chorando feito louca do jeito que eu estava, não ia andar pela rua e depois pegar um ônibus. Fazia uns quinze minutos que eu tinha deixado a portaria do Bob quando meu celular tocou. Era ele.

— Olá — disse Bob, sem jeito...

E eu, o que eu ia dizer?

— Você... tá voltando hoje para Nova York?

— Meu pai está me obrigando a ir — se apressou ele. — Eu não queria, mas... Ele disse que não vai mais deixar o filho dele viver nesta *fuck'n'no-land*, onde qualquer vagabundo chega e pode acabar com a vida de quem vale muito nesse mundo. Eu não queria, falei de você, da gente, mas...

— Bob. Não mente. — Ele ficou calado um instante. Deve ter me escutado soluçar. Mas foi uma vez só, depois me controlei. — Como... foi? O que aconteceu?

— Eu não sei. — E agora o tom de voz dele era sincero.

— Como assim?

— Não sei direito o que foi aquilo. Não foi sequestro, quero dizer... Eles... eram estranhos... Pareciam... zumbis. — Senti um arrepio. Bob continuou: — Eles quase não falavam, só quando tinham de me dizer alguma coisa, mas não conversavam entre eles. Falavam devagar. Ficavam parados a maior parte do tempo, olhando para o chão, e daí, quando se mexiam, era devagar também, devagar demais. Usavam máscaras, eu via apenas os olhos deles, e juro que eram... vazios. Sem vida, entende? — Eu não respondi. Ele continuou: — Quer saber? Tinha todo um esquema aqui no meu apartamento, esperando a ligação dos sequestradores. Eles não ligaram. Não pediram resgate nenhum. Me soltaram anteontem, aqui perto do prédio. Praticamente me jogaram para fora do carro e foram embora. Sem me dizer nada. Nada!

— Mas, eles... O que eles queriam?

— Eu sei lá? Já falei demais, Magda.

— Espera. — Eu respirei fundo. Estava com uma intuição forte, eu praticamente sabia o que ele ia responder. — E o sapo de bronze?

Ele demorou algum tempo, e entendi que ele já não sabia do que eu estava falando, então ele disse:

— Aquela porcaria? Sei lá. Quero dizer... — Outra pausa. — Lembrei. Puxa, ainda nem tinha pensado nisso. Gozado, né...? Estava no meu bolso. Ia levar pra você, no colégio. Eles me devolveram o relógio, o dinheiro, o tênis, tudo o que eu tinha. Mas ficaram com aquele lixo. Dá pra acreditar?... É... Que coisa... — E, depois de um segundo calado, ele disse: — Bom, Magda, acho que agora é tchau, certo?

— A gente ia fazer essa viagem juntos, né?

Outros três, quatro segundos sem ele dizer nada... Então:

— Aparece por lá. Daí a gente vê. — Ele riu. Não sei mais se foi de sem graça, se foi de deboche. Mas riu: — É isso, menina. Tchau.

Eu não respondi.

Dessa vez, Pascoelo estava esperando por mim na passagem em arco. No que eu surgi, ele murmurou:

— Smaragda...

Parei por um instante, olhando para ele. Não estava nem um pouco surpresa de Pascoelo ter retornado aos meus sonhos. Ou eu aos dele.

— Como você fez o sequestro? Você estava sem Nammu. E por que não funcionou comigo? Nem com o Bob?

Ele sorriu, como um pequeno demônio sorriria.

— Tem uma parte do meu segredo que não contei... que você não pôde roubar.... — Não respondi. Não me sentia nem um pouco envergonhada agora. — Vivo com Nammu desde que tinha quatro anos de idade. Sempre a mantive junto de mim. O poder dela leva tempo para entrar na gente. E tempo também para sair.

Assenti de cabeça. Mais ou menos previ que ele fosse responder algo assim. Pascoelo me deu passagem e eu atravessei o arco.

Era a primeira vez que eu fazia isso. Havia um salão ali, com a mesma decoração do corredor — máscaras de homens-sapos. Mas ali era iluminado por archotes, dessas coisas antigas, com fogo. No centro, havia um grande bloco de pedra retangular. Pascoelo me fez sinal para seguir adiante e eu me aproximei. Sobre o bloco, estava Nammu.

Mas uma Nammu diferente.

Maior.

A pele lustrosa, pulsante. Estava viva.

E logo que eu parei junto do bloco de pedra, ela se virou, deitando-se de costas, e começou a se contorcer, a agitar as patas. Senti atrás de mim a respiração de Quasímodo se acelerar.

Aquela fenda que ela tinha entre as patas inferiores se dilatava, agora, e emitia um brilho. Na verdade, algo fraco, a príncípio, esverdeado, mas se intensificando.

De repente, Nammu começou a se debater, como se uma corrente elétrica a percorresse. Pascoelo se adiantou para junto dela e colocou as mãos em concha, logo abaixo de suas patas. Algo foi expelido dali. Imediatamente depois, Nammu se aquietou — e logo voltaria a ser uma miniatura de bronze, nada mais. Pascoelo guardava na palma da mão o que ela havia parido. Ele sorriu para mim e me mostrou. Era uma pedra verde. Parecia um cristal, ou uma...

— É isso mesmo — confirmou ele. — Uma *smaragda*. Uma... esmeralda. Esta é você, meu... amor!

Arregalei os olhos para ele. Quando vi, sua boca de lábios grossos e pegajosos estava quase encostando na minha. Gritei, mais de nojo do que de susto, e acordei.

Estava em minha cama, o quarto às escuras. Eu me sentei, procurei recuperar o fôlego. E aos poucos fui me acalmando.

Mais uns minutos e eu já respirava normalmente, havia parado de tremer e então me voltei para a minha mesinha de cabeceira, onde havia deixado meu celular. Eu o peguei, liguei e quase imediatamente ele tocou.

Como eu sabia que ia acontecer.

— Alô, Pascoelo — disse eu.

— *Smaragda* — escutei-o sussurrar, do outro lado.

E então eu disse:

— Estou indo. Sim, vou... Vou ficar com você.

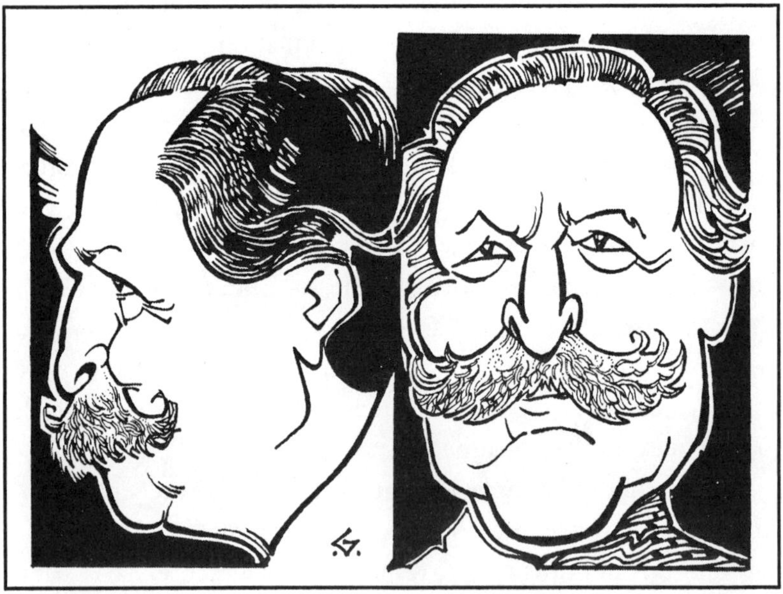

Pedro Bandeira

Procura-se

Pedro Bandeira vive inventando histórias para escrever para você. Assim, como nada do que ele escreve aconteceu de verdade, tudo não passa de mentiras, não é? Aliás, desde pequeno ele sempre teve muito jeito para isso. Para escrever? Não, para contar mentiras. Só que, quando ele era pequeno, os adultos o chamavam de mentiroso e o punham de castigo... Porém, depois que ele se tornou adulto e passou a contar suas mentiras por escrito, todo mundo diz que ele é "criativo"... Pois é: em mentira escrita todo mundo acredita. A última mentira dele foi a história que está neste livro. Cuidado: é tudo mentira!

Os guardiões do grande segredo

Pedro Bandeira

Ele retesou a musculatura do peito nu, enrijeceu os braços grossos como galhos de uma nogueira centenária e os grilhões apertaram-se ainda mais, cortando a pele e fazendo sangrarem-lhe os pulsos. Com o esforço, seus bíceps quase explodiam sob a pele, rivalizando em rigidez com a rocha onde se fixavam as pesadas correntes.

Ergueu a cabeça. Acima, nada mais havia a não ser o céu escuro, carregado de nuvens prenhes de uma tempestade prestes a desabar. Abaixo, só a rocha da cordilheira imensa, no cimo da qual projetava-se seu corpo acorrentado.

Seus olhos fixaram-se um pouco mais além, na pequena mancha negra que se destacava na neve que cobria a montanha. Lá estava o abutre, negro e faminto, pronto a bater as asas para o cumprimento da sentença que os havia condenado a uma sinistra interação por toda a eternidade.

Nada havia que ele pudesse fazer para mudar o destino de ambos. Nada. Nada que interferisse, que mudasse a direção de um par de destinos tão desimportantes, se comparados com a estupenda reviravolta que sua ação havia provocado. Graças à sua desobediência, o mundo nunca mais seria o mesmo.

A partir daquele momento, porém, ele tinha de aceitar as consequências de sua ousadia. E baixou o olhar, resignado...

As duas pesadas folhas da imensa porta giraram nos gonzos, rangeram e abriram-se, escancarando-se como braços de carvalho querendo abarcar toda a amplitude do interior do Templo.

Ocupando menos de um quarto da altura do retângulo de luz que a porta projetava, apareceu a silhueta do corpo redondo de Petrus, o Guardião da Oceania.

Atrás de si, as portas fecharam-se molemente, com seu rangido sinistro.

O recém-chegado varreu com os olhos a vastidão do ambiente suavemente iluminado por cinco claraboias. Através delas, o sol filtrava-se a quinze metros acima das cabeças das três misteriosas figuras que já aguardavam em seus tronos almofadados. Completando um semicírculo, mais dois tronos vazios, nas duas extremidades, brilhavam sob a luz de suas respectivas claraboias, que funcionavam como holofotes direcionais.

Sem ao menos cumprimentar os companheiros, o Guardião da Oceania encaminhou-se para o trono que lhe correspondia.

O silêncio e a imobilidade deram-lhe as boas-vindas. Sorrateiramente, seus olhos, apertados pela gordura das pálpebras, escorregaram para o trono a seu lado: envergando uma túnica rubra e brilhante, Roxana, a Guardiã da Europa, ali permanecia ereta, pálida como uma nuvem do amanhecer de um verão, esguia como uma serpente que se projeta de um cesto sob o encanto de um flautista imaginário. Seus lábios mal se moveram, e as palavras emitidas, apenas sussurradas, ressoaram pelas altas paredes do Templo, debatendo-se em busca de alguma fresta para fugir da solenidade ameaçadora daquela reunião.

— Ainda falta um...

— Falta! — Do trono central, rugiu a voz forte de Aloisius, o Guardião da Ásia, que, enorme e pesadamente, sacudia-se dentro do manto de veludo bordado. Seu largo chapéu de feltro sombreava-lhe o rosto. De dentro dessa sombra, porém, dois olhos brilhavam furiosos, com luz própria, revelando quem comandava a Confraria dos Guardiões do Grande Segredo. — É sempre Leon, o Guardião da América. Sempre ele! Há cem mil anos é sempre ele a atrasar-se. Isso é de tirar a paciência de qualquer um!

— Se vós não perdestes a paciência em cem mil anos, Aloisius, não será agora que... — começou Rogerius, o Guardião da África. Rebrilhando à luz da claraboia que correspondia ao seu trono, sua calva morena, redonda e lisa era orlada em torno da nuca e das orelhas por longas trancinhas negras que lhe desciam envolvendo o corpo como uma cortina, até tocarem o chão de pedra.

— Paciência?! — explodiu o mau humor de Petrus. — Nós somos os Guardiões do Grande Segredo. Nossa paciência é tudo o que podemos ter. Somos eternos como nossa missão. E ela jamais terá fim. Para nós não há fim! Não há fim!

— Somos condenados a nunca ter fim... — sussurrou Roxana, como o faria uma sacerdotisa de um futuro ainda longínquo, antes de cravar a adaga ritual no peito da vítima humana amarrada à sua frente na ara de sacrifício.

— Então por que esta convocação? Ou há mais de um segredo entre nós? — continuou a ira de Petrus. — O que há que foge do meu conhecimento? Por que fomos convocados? Eu exijo que...

— Calado, Petrus! — trovejou Aloisius, erguendo a mão espalmada. — Aguardemos Leon. Nada posso revelar enquanto os cinco membros da Confraria do Grande Segredo não estiverem presentes!

Nenhuma voz discordou dessa ordem e, a partir daquele momento, como na paralisia de uma foto, nem um som ou movimento perturbou a espera. Estranhamente, apesar da passagem fúnebre do tempo, a luz solar não se movia e seus cinco fachos continuavam, fantasmagoricamente, a clarear de cima para baixo as quatro figuras imóveis em seus tronos.

Naquela dimensão, o tempo era impalpável, seu cálculo, impossível. E foi num momento seguinte, do tamanho de um segundo ou de um século, que a entrada de Leon demonstrou-se mais ruidosa do que a anterior. A grande porta abriu-se como se explodisse e nos umbrais surgiu a silhueta do Guardião da América, envolto em um manto salpicado de estrelas e listrado verticalmente de branco, azul e vermelho. Silenciosamente, sem nada alegar como justificativa por seu atraso, Leon preencheu o último trono, cruzou as mãos sobre as pernas e imobilizou-se.

Dessa vez, a mudez da reunião já era nervosa, expectante. Lentamente, quatro cabeças giraram em seus pescoços e oito olhos fixaram-se no trono central.

Era chegada a hora.

— Confrades... — hesitou Aloisius, demonstrando a dificuldade do que tinha a revelar. — Há duzentos milhões de anos, éramos um só, éramos o espírito da Pangeia, a alma de toda a Terra, vagando pelas águas do Pantalassa, que nos envolvia como uma placenta salgada. Explodimos primeiro nas duas metades, Gondwana e Laurássia, e depois nos cinco pedaços que somos. Isso somos, como os dedos de uma só mão: um em cinco, cinco em um, escravos de nossa missão...

Do seu trono, veio a voz de Leon:

— Nunca teremos fim, porque nossa missão de Guardiões do Grande Segredo jamais terminará. Para nós, o agora é o sempre...

— O agora é o sempre! — repetiu Rogerius.

— O agora é o sempre! — reforçou Roxana.

— O agora é o sempre... — resmungou Petrus, contrariado.

Aloisius retomou a palavra, calmamente:

— Verdade. Esta sempre foi a nossa verdade, mas...

Os quatro sustiveram a respiração, pois cada um adivinhava que, após o discurso hesitante e cuidadoso do líder, teria de haver um "mas".

— Mas chegou o momento em que temos de entender o significado da palavra "agora". Nossa missão... nossa missão, confrades, agora chegou ao... ao fim...

A última palavra arrepiou os ouvintes como se um vento gelado tivesse conseguido invadir o Templo. Nenhum deles nada comentou, no aguardo do detalhamento de uma afirmação tão definitiva. O fim da Confraria dos Guardiões do Grande Segredo? O fim de uma missão que deveria ser eterna?

— Confrades...

O Guardião Aloisius espalmou as mãos nos braços do trono e ergueu a voz empostada, certo de suas palavras ecoarem nas paredes e na atenção dos quatro companheiros:

— Há séculos não vínhamos ao Templo, por não haver razão para que se reunisse a Confraria dos Guardiões do Grande Segredo. Agora, porém, o infortúnio nos força a tomar uma decisão. Precisamos ponderar com calma, sem a impaciência de Petrus...

Incomodado com a citação de seu nome, o obeso Guardião da Oceania revolveu-se no trono. Seus pés, calçados em pantufas pontudas, mal alcançavam o chão.

— ...sem a impaciência de Petrus e decidir como enfrentar o caos que certamente advirá do acontecimento que tenho de relatar...

Nenhum movimento era percebido entre os quatro que o ouviam, mas a expectativa impedia-os de respirar.

— Confrades... Roxana, Petrus, Rogerius, Leon... Depois de milênios, apesar de toda a nossa dedicação, de todos os nossos cuidados, tenho de confessar que falhamos: o Grande Segredo... O Grande Segredo foi roubado!

* * *

A mancha negra movia-se lentamente. De seu corpo, asas abriam-se paralelas numa larga envergadura. Bateram-se uma, duas vezes, e o corpo do grande abutre ergueu-se da pedra onde pousava.

Contra o negrume da noite, um negrume mais intenso aproximava-se, flanando na direção do homem acorrentado. Voejou em círculos em torno do cimo da montanha, cercando o prisioneiro que nada podia para defender-se.

Desviando o olhar da ave agourenta, o pouco que o homem pôde divisar, muito, muito abaixo no abismo, quase o fez sorrir de orgulho. Lá, no vale, minúsculos pontos luminosos destacavam-se como pirilampos, rompendo a noite e mostrando que o sacrifício fazia sentido.

O abutre pousou a seus pés.

* * *

— Quem? Quem foi o culpado? — Os lábios de Leon tremiam, como se cada sílaba se esforçasse para ser emitida.

— O culpado já recebeu sua condenação — informou Aloisius, desoladamente. — Para sempre estará acorrentado no alto da cordilheira, ao sul da minha região. E, lá, um abutre...

— Que importa castigar o culpado! Se ele entregou o Grande Segredo para os outros, tudo estará perdido!

— Sim, Rogerius — finalizou o líder. — Foi isso o que ele fez. O Grande Segredo já é do conhecimento de muitos...

— Será o caos! — berrou Petrus, pulando de seu trono, enlouquecido pela surpresa e pela antevisão das tremendas consequências do ocorrido. — O Grande Segredo! Nas mãos *deles*!

— Falhamos vergonhosamente! — assumiu Rogerius.

— É o nosso fim! — confessou Roxana. — O fim de tudo!

— Será o desequilíbrio! — sentenciou Leon. — Eles agora têm o Poder. Jamais saberão fazer bom uso dele! Vão destruir-se! Destruir-se! Será a guerra!

— Será a chacina! — acrescentou Rogerius.

— Será a morte! — rematou Roxana.

A voz forte de Aloisius sobrepôs-se ao desespero reinante:

— Um momento! Ainda há uma esperança!

— Esperança? — repetiu Petrus, com cinismo. — Com o poder do Grande Segredo nas mãos, eles se destacarão do restante, construirão aparatos com o propósito de dominar a Terra, mas só o que conseguirão será matarem-se uns aos outros!

* * *

As pernas do prisioneiro estavam envoltas por pesadas correntes que se prendiam à rocha. Nenhum movimento era possível.

O abutre, sem pressa, apenas ergueu o corpo, esticou o pescoço e seu bico recurvo cravou-se na carne do homem.

A laceração, a incisão profunda, na ilharga direita, esguichou sangue.

Na ponta do bico, a ave trazia um pedaço do fígado do acorrentado...

* * *

Aloisius tentava dominar a balbúrdia que sua revelação havia provocado e explicava:

— O culpado já recebeu sua condenação. Até o fim dos tempos, seu fígado será devorado e...

— Não importa quem seja o culpado, nem qual possa ser o seu castigo! — cortou Leon. — Não importa que ele seja punido. Já é tarde demais para que possamos fazer qualquer coisa. Os homens já têm o domínio do Grande Segredo e as profecias se confirmarão. Só posso antever o que elas vaticinaram: no início, os homens usarão o Grande Segredo para afastar as feras à noite, para aquecerem e iluminarem suas cavernas, para cozerem seus alimentos. Mas logo aprenderão a deturpar este poder. Logo ele será transmutado em massacres, em armas destrutivas, antinaturais! Será o caos! O fim de tudo!

* * *

A dor do abdômen dilacerado explodia em seu cérebro, mas Prometeu levantou a cabeça para os céus e gritou, mesmo sabendo que não podia ser ouvido:

— Consegui! Eu roubei o segredo que nos libertará! Agora não haverá mais deuses que nos possam controlar! Não haverá mais desafios que não possamos enfrentar! Não haverá mais dúvidas que não possamos resolver! Temos o controle do fogo! Podemos dominar a Natureza! Temos nas mãos o nosso próprio destino! O futuro da Humanidade será construído por nós mesmos!

Com o estrondo do mais poderoso trovão, as nuvens desabaram impiedosas, lavando o corpo do supliciado. Seu sangue escorreu fervendo pela rocha, cavou sulcos na neve, esgueirou-se pela enxurrada e acabou por empoçar-se num ponto do sopé do Cáucaso, na entrada de uma caverna, em cujo interior o fogo brilhava intensamente.

* * *

No imenso salão do Templo, os Guardiões falavam todos ao mesmo tempo, elevando a voz, entrando em desespero.

Foi nesse momento que os braços de Aloisius abriram-se completamente e logo fecharam-se, fazendo com que as palmas das mãos se encontrassem num estrondo. Não foi apenas um bater de mãos — foi uma explosão que a todos calou.

— Confrades — recomeçou Aloisius falando baixo, convencido de que conseguira o controle da situação. — As profecias são lógicas, sim, mas penso haver uma esperança.

O corpo esguio da Guardiã Roxana projetou-se, incrédula, na pose de uma pantera albina que preparasse o bote:

— Uma esperança que pode contrapor-se à certeza de uma profecia? Impossível!

— Aceitemos a derrota, Aloisius... — Desanimado, Rogerius desabava em seu trono.

— Um momento! — continuou o líder da Confraria do Grande Segredo. — Vamos pensar no modo como está a vida organizada. Temos apenas três tipos de vida sobre a Terra...

— Três? — gozou Leon. — Há milhões!

— Apenas três, se eu tiver a oportunidade de terminar o que penso. Há os seres que já nascem tudo sabendo. Nascem sabendo o que precisam saber para lutar pela sobrevivência, para procurar alimento e para reproduzir-se.

— Como o quê? — perguntou Petrus. — Como um verme?

— Há um outro grande grupo que nasce sabendo alguma coisa — prosseguiu Aloisius, ignorando a interrupção. — Que nasce com algum instinto, sabendo lutar por comida, mas que, ao longo da vida, tem a oportunidade de aprender coisas novas. Mas, ao morrer, seus filhotes não herdarão nada desse aprendizado e terão de passar novamente por todo o processo de seus pais, de seus avós, de seus mais longínquos antepassados, sem que essas espécies jamais possam progredir com o que cada geração aprendeu por seu turno...

— Como um cão? Ou um macaco?

Aloisius concentrava-se, negando-se a permitir que as interrupções o desviassem de seu foco.

— E há este terceiro grupo, que nasce sabendo muito pouco e que tudo tem de aprender durante a vida. E são estes que agora têm o conhecimento do Grande Segredo!

— Sim! — acrescentou Roxana. — Mas estes são os piores, pois o que aprendem *pode* ser transmitido às novas gerações. Esqueces-te de que nós lhes concedemos o poder da fala?

— O poder da fala! — rosnou Petrus, como se rugisse. — Lembro-me muito bem de quando vós decidistes conceder a eles o poder da fala. E vós talvez vos lembreis de que eu fui contra. Fui contra! Fui voto vencido... Eu sabia que isso não iria dar certo!

— Não! — tonitruou Aloisius. — Nós nada lhes concedemos. Eles *conquistaram* o poder da fala. Nós apenas decidimos por não intervir, embora Petrus tivesse argumentado que interviéssemos para calá-los.

— Bom... — gaguejou Petrus. — Na verdade, eu...

Aloisius cortou a explicação brutalmente:

— A verdade é que eles podem transmitir o que aprendem às novas gerações através da palavra falada, mas as profecias já antecipavam o que na realidade acontece: o que é transmitido modifica-se, adultera-se, deforma-se enquanto passa de boca para ouvidos, dos ouvidos novamente para a boca, que buscará outros ouvidos, uma, duas, muitas vezes.

— E aí reside a desesperança das profecias — argumentou Rogerius, com sua voz calma, mas cujas palavras só traziam desalento. — Essas deformações sempre trilharão os piores caminhos, percorrerão as trilhas do ódio e da guerra, ainda que, em sua origem, o que se tenha pretendido transmitir fosse até mesmo uma descoberta boa, ou inocente, ou positiva. Não adianta alimentarmos essa esperança de que falas, Aloisius. Nós, os Guardiões do Grande Segredo, falhamos, permitimos que os homens descobrissem o caminho do progresso e iniciassem a construção do seu próprio fim. E, como também está profetizado...

— Também seremos punidos... — acrescentou Leon.

— E desapareceremos como se jamais tivéssemos existido... — completou Roxana.

Tremendo, Aloisius elevou a voz, num último esforço de convencimento:

— Sim! Desapareçamos! Deixemos que seja cumprida a profecia de nosso fim, da punição por nosso fracasso. Mas podemos mudar o futuro!

— Como?

— Abrindo a caixa da Eternidade!

Os quatro puseram-se de pé, estarrecidos:

— Como?! Nosso último segredo?

Os olhos de Aloisius brilhavam, molhados, quando ele concluiu:

— Sim. Vamos conceder-lhes o maior dos poderes. Com ele, a Humanidade poderá registrar suas conquistas, sem adulterações, sem desvios, sem malentendidos. E cada discordância dessa opinião também poderá ser registrada por seu turno, contrapor-se, enfrentá-la, mas nunca anulá-la. Com esse poder nas mãos da Humanidade, nenhuma ideia, nenhuma descoberta, nenhum sonho jamais poderão ser apagados da face da Terra!

Os trovões explodiram ferozes, uns após os outros, e a enxurrada demoliu o Grande Templo, como um castelo construído na areia desfaz-se com a chegada das ondas do mar. Logo só restava uma massa imensa e informe dentro da qual não seria possível distinguir o que havia sido muralha ou o que havia sido a matéria inconsútil dos cinco Guardiões do Grande Segredo...

* * *

A entrada da caverna estava coberta por um conjunto de peles de animais, costuradas umas às outras, e muitos aglomeravam-se em volta do calor da fogueira. O grupo havia conseguido caçar um pequeno herbívoro e agora a carcaça do animal dourava-se pendurada a um gancho que se erguia sobre o fogo. Um cheiro agradável espalhava-se pela caverna e aguçava o apetite de todos.

Um bebê chorava e uma mulher abria as peles que lhe cobriam o torso, oferecendo o seio à cria esfomeada.

Um velho sentava-se sobre as pernas e pegava uma vareta da pilha de galhos recolhidos para alimentar o fogo. Com uma das mãos, alisava a terra e, com a outra, começava a traçar sinais com a vareta. À sua volta, alguns do grupo, na maioria jovens, observavam a operação atentamente. Uns balançavam a cabeça, demonstrando compreender e provando que aquela não era a primeira vez que o velho lhes ensinava o significado daqueles sinais. Um menino, porém, parecia confuso:

— E... T... E... N... I... Não consigo entender, avô...

O velho sorriu e explicou, com a paciência dos que aprenderam e sabem que é preciso transmitir esse aprendizado aos outros antes de morrer, para não morrer jamais:

— Esqueceste de perceber um dos sinais. Vês? E T E R N I D A D E.

— É isso o que está escrito, avô? Mas o que quer dizer "eternidade"?

O velho suspirou e olhou para o brilho fascinante do fogo.

— Difícil explicar... Eternidade é... Sonhei com isso... Para mim, é o que consigo conquistar quando risco a areia com este graveto...

O velho calou o relato de seu sonho. Ele já descobrira como gravar aqueles sinais na pedra, usando outra pedra mais dura. Já descobrira até como gravar os sinais usando o dedo para desenhar com o caldo escuro de um fruto. Em seu sonho, aqueles sinais tinham uma força, um poder que ele não conseguia explicar.

Aonde aquele sinais os levariam? Para o velho, não importava. O que ele sentia era a obrigação de ensiná-los aos mais jovens antes de morrer...

Este livro foi composto na tipologia Neutra e Garamond Premier Pro,
em corpo 12/15,2, impresso em papel off-white 80g/m²
no Sistema Cameron da Divisão Gráfica
da Distribuidora Record.

Seja um Leitor Preferencial Record
e receba informações sobre nossos lançamentos.
Escreva para
RP Record
Caixa Postal 23.052
Rio de Janeiro, RJ – CEP 20922-970
dando seu nome e endereço
e tenha acesso a nossas ofertas especiais.

Válido somente no Brasil.

Ou visite a nossa *home page*:
http://www.record.com.br